IL BATTELLO A VAPORE

Sibéal Pounder

Sirenette molto cattive

Traduzione di
Roberta Magnaghi

Illustrazioni di
Jason Cockcroft

PIEMME

Sirenette
MOLTO CATTIVE

Editing: Benedetta Biasi
Impaginazione: Danielle Stern
Redazione: Nicolò Porro

www.battelloavapore.it

Titolo originale: *Bad Mermaids*

Pubblicato per PIEMME da Mondadori Libri S.p.A.
I Edizione 2020

ISBN 978-88-566-7424-8

Anno 2020-2021-2022 Edizione 1 2 3 4 5 6 7 8 9 10

Finito di stampare presso Grafica Veneta S.p.A.
Via Malcanton, 2 – Trebaseleghe (PD)
Printed in Italy

In memoria del mio adorato nonno, Paddy:
compagno di pesca, eroe da commedia,
esuberante decoratore di gelati

Totanic
Rocca Ancora
Spiralidor
Aragostopoli
Stadio Chelawana
Tunnel di Cristallo
Palazzo Perla
Ostricville

Laguna Segreta
Foresta di Alghe
n
w
e
s
Autostrada dei Granchi
Cime Squalose

Prologo

Da tempo immemore le sirene fluttuano nei mari del pianeta. Eppure non vi sono state navi né scienziati colati a picco che abbiano scoperto il loro mondo. Solo le sirene conoscono la via per la Laguna Segreta. Negli abissi, appena superato il cartello VIETATO L'ACCESSO AI BIPEDI, c'è una piccola conchiglia con un tastierino di perle.
Per aprire i cancelli della Laguna Segreta e di tutte le sue città, basta digitare il codice segreto, lo stesso che fino a oggi ha protetto le sirene dagli umani.

Un codice inimmaginabile!

Inimitabile!

Prendete nota, è: "Nientegambe".

Ma mantenete il segreto!

1
In vasca sulla terraferma

– Posso prendere in prestito una penna, per favore?

– Una penna? – gracchiò Dispotica-Signora-Nevrotica, le braccia svolazzanti che disegnavano elaborati arabeschi per aria, come a schiacciare almeno una quarantina di mosche per volta. Si diresse traballando verso l'acquario, con i piedoni fasciati in calzette a pois e strizzati in un paio di scarpine con i tacchi a spillo.

– Sì, per favore, una penna – disse una voce da un punto indefinito dell'acqua torbida. In superficie apparve una mano elegante, le dita adornate di anelli di perla e cristallo e un polso carico di braccialetti di conchiglie a torciglione.

– STIAMO COMUNICANDO! – esclamò con la voce strozzata per l'emozione Dispotica-Signora-Nevrotica,

lanciando una penna nell'acquario. – Io e te. Tu e io. Tu con la tua coda di pesce. Io con i miei tacchi.

Dal fondo della vasca giunse un sospiro. – L'ho sentito! – proruppe Dispotica-Signora-Nevrotica. – Ho installato nell'acquario una serie di microfoni ad altissima sensibilità.

In quell'istante la creatura nella vasca esplose in un rutto volutamente rumoroso.

– Ehi, ho sentito anche questo! – gemette Dispotica-Signora-Nevrotica. – Non vedo l'ora di mostrarti al mondo intero! Diventerò famosa! Non crederanno a come ti ho catturato. ORA RIDAMMI LA PENNA! – intimò con un colpo sul vetro prima di immergere la mano e strappare con forza la biro alla sirena che la teneva stretta. – Sei mia, Bella Merluzza.

– No! – si oppose con voce soffocata Bella Merluzza. – Non ho finito!

Dispotica-Signora-Nevrotica si lasciò sfuggire un gridolino alla vista della coda a scaglie lucenti. – Che cos'hai scritto?

– Niente – si affrettò a replicare Bella Merluzza. – Volevo solo... tenermela.

Dispotica prese a volteggiare per la stanza ridendo convulsamente. – CHE GIORNATA MEMORABILE! – esultò con voce tonante. – BELLA MERLUZZA, LA REGINA DELLE SIRENE, MIA PRIGIONIERA PER SEMPRE!

Un granchietto minuscolo si arrampicò sul bordo della vasca e scivolò rapido alle sue spalle, trasportando un grumo molliccio di alghe.

La donna si girò di scatto. Il granchietto restò come pietrificato.

Dispotica fece un'altra giravolta e scrutò ansiosa l'acquario accarezzando il vetro con gesto amorevole. Il granchietto approfittò del momento per dileguarsi.

– Non fermarti finché non sei arrivato! – gli gridò Bella

Merluzza. – Sono sicura che sapranno come fare! Devono…

Dispotica si girò verso la porta, ma il granchio era sparito. – Con chi diavolo stavi parlando, strano pezzo di pesce? – sibilò fra i denti.

Bella Merluzza si guardò bene dal rispondere.

L'essersi fatta sfuggire il granchio si sarebbe rivelato l'errore più grosso che Dispotica-Signora-Nevrotica avesse mai fatto.

2

Acquagramma in arrivo

Bea si infilò le zeppe viola e urlò a squarciagola: – Acquagramma in arrivo! –. Poi uscì richiudendosi la porta alle spalle con un botto. Le sue amiche Zelda e Mimi erano spaparanzate sul divano a farsi un sonnellino. In una serata come quella, la sera dell'acquagramma! Possibile?

Bea si lanciò a perdifiato sul lungomare, con la treccia ondeggiante nella brezza californiana. Assaporò avidamente ogni sensazione: il tintinnio delle campanelle sulle porte dei negozi in chiusura, l'odore dell'asfalto caldo e quello di gonfiabili, materassini e giochi da spiaggia assortiti.

– Serata perfetta per fare jogging! – le disse a gran voce la gelataia con il carretto sbilenco davanti a un'immensa fabbrica dismessa. La sua carnagione bianco latte era chiazzata dal sole. Agitò la mano con le dita ad artiglio, deformate a furia di tenere in mano coni gelato.

Bea sorrise e ricambiò il saluto sfrecciando sul molo fatto di assi di legno sbiadite, ricoperte di ghirigori e graffiti: nomi, insulti e un granchietto che Bea aveva disegnato il giorno del suo arrivo. Saltò sulla sabbia soffice, lasciandosi cadere di peso e tirandosi la gonna sopra le ginocchia che aveva da quando era sulla terraferma.

Non era arrivato. Non ancora.

– Oh, io non vedo l'ora di sbarazzarmi di queste banane ingombranti! – si lamentò Zelda, ancora spaparanzata sul divano, dandosi una manata sulle cosce. Mimi sbuffò: Zelda aveva l'abitudine di usare a sproposito le parole degli uomini per descrivere cose come gambe e piedi. – E dire che ce le ho solo da due settimane.

Le due raggiunsero Bea sulla spiaggia, con in mano degli hot dog. Sebbene fossero gemelle, non potevano essere più diverse. Mimi, la più bassa, portava ai piedi dei sandali dorati e sfoggiava una chioma spettinata incorniciata da due treccione sfatte.

– Ciao, eh! – disse a un lettino da sole ripiegato.

Bea e Zelda la fissarono sbalordite.

– Embè? – bisbigliò Mimi. – E se avesse anche lui la facoltà dell'udito?

– Solitamente ce l'hanno solo quei cosi con le orecchie – le rispose sempre Zelda a voce bassa, addentando vorace il suo hot dog e schizzandosi la senape sui jeans strappati ultimo modello.

Zelda era la più alta, con capelli corti, taglio impeccabile, frangetta spettinata ad arte e due occhi così vivaci che le palpebre sembravano doversi sforzare per contenere tutta quella energia. Le unghie erano completamente smangiate, perché aveva la mania di rosicchiarsele.

Bea le conosceva da sempre, e le tre erano semplicemente inseparabili, motivo per cui era riuscita a convincere le amiche a passare un'estate con gambe e piedi sulla terraferma.

– Dov'è l'acquagramma? – chiese Bea, camminando nervosamente avanti e indietro sul bagnasciuga.

Zelda guardò Mimi che stava ingollando un boccone di panino dopo averlo condito con una generosa manciata di sabbia.

– Di solito gli umani non mettono quello sopra gli hot dog – commentò Zelda.

Per tutta risposta, Mimi sprofondò il panino nella sabbia e ne addentò un altro pezzo. – Se potessi, direi agli umani che la sabbia è il ketchup del mare! Ma poi scoprirebbero che sono una sirena, e no, non è il caso!

– Aspetta! – la interruppe Bea scrutando nell'oscurità con gli occhi spalancati. – Eccolo!

Zelda levò gli occhi al cielo. – Non ho mai visto nessuno fare delle follie del genere per un numero di *Ondopolitan*.

Bea replicò con un gesto sbrigativo. – In questo preciso momento è il nostro unico legame con casa nostra. E poi c'è il reportage di mia mamma!

Un granchio risalì frettoloso la spiaggia tutto traballante, tenendo fra le chele un grumo di alghe, con massima cura, quasi stesse cullando un bebè. Lo depose con delicatezza sull'alluce di Bea.

– Grazie, postino – disse lei, strappando i fogli di alga dalla busta viscida.

ONDOPOLITAN

La rivista cult di informazione e intrattenimento sulle sirene e per le sirene!

RELITTO DI NAVE IN VISTA!

Belinda Shelton, la sirena più coraggiosa che questa laguna abbia mai visto, vive al momento la più grandiosa delle sue avventure (ma anche la più pericolosa) nel Regno di Sopra, infestato dagli umani. Di seguito l'ultima pagina di diario della nostra giornalista specializzata in viaggi e turismo, nonché scrittrice errante.

«Oggi mi sono imbattuta in un relitto arrugginito di un'antica nave che gli umani chiamano *Atlantic*, che per noi è nel Regno di Sopra n. 4. Potrebbe trattarsi della presunta città segreta delle sirene, Sirenopoli, un'area ancora tutta da scoprire.

Il morale è alto. Il mio viso sferzato dal vento gelido.

È il più magnifico dei vascelli. Mi sono divertita tantissimo a giocare sulla sua prua, le braccia tese ai lati come la polena che ho visto, mi pare, in un famoso film. Dietro gli oblò, tendine strappate e logore e piatti di latta impilati nelle credenze della cambusa.

Le murene locali mostrano grande cordialità, e l'acqua, seppur fredda, è eccezionalmente calma.»

ESPERIENZA IMPERDIBILE NUMERO UNO:
giocare a braccio di ferro con una murena*.

IL CONSIGLIO DI BELINDA:
«Da vedere. Anzi, da *amare*.»

SE VI È PIACIUTO, VI PIACERÀ ANCHE:
il nostro relitto locale, il *Totanic*. Il suo affondamento fu rivendicato dalla nostra famigerata ex regina Gilda Chiomanera la Corsara.

PROSSIMA TAPPA:
Regno di Sopra n. 2. Il luogo dove si vocifera si trovi l'Impero Perduto dei Coccodrilli.

*Attenzione: chi perde diventa prigioniero della murena secondo quanto stabilito dalle leggi sul braccio di ferro del Regno di Sopra n. 4.

Bea strinse la rivista al petto con slancio. Alle volte rimpiangeva di non essere insieme alla mamma nella Laguna Segreta, come una volta. Sua madre era partita per una di quelle avventure epiche e inutilmente pericolose nei Regni di Sopra (quelli che gli umani chiamano oceani), e lei avrebbe dovuto aspettare altri due mesi per togliersi quelle gambe provvisorie.

– Un attimo! – esclamò Zelda, infilando la mano nella busta molliccia. – Wow! Una lettera dal grande capo in persona! –. Diede un colpetto di tosse, preparandosi a esibirsi nella sua migliore interpretazione di Bella Merluzza.

– Non ti metterai a farne l'imitazione, vero? – intervenne Mimi.

– Certo che sì – ribatté Zelda con uno strillo acuto che fece trasalire Bea.

Care Bea Shelton e gemelline Mimi e Zelda Guizzisguazzi, è Bella Merluzza che vi scrive, la Regina della laguna.

Oggi è il vostro ultimo giorno con gambe e piedi.

Spero che questa estate sia stata un'esperienza istruttiva per voi e il servizio pasti sia risultato di vostro gradimento.

Come sapete, ho messo a punto questa iniziativa estiva

in modo che le giovani sirene smettano di lamentarsi di non avere gambe e piedi, e in generale di essere insopportabili. Alla fine del periodo di prova, come sapete, pochissime hanno optato per conservare gli arti umani; la maggior parte ha scelto di tornare a casa e riabbracciare il proprio destino di sirene con coda e pinne.

Per molte è stata un'esperienza traumatica, con quell'alluce, quel grosso dito bizzarro che va dappertutto (ma perché, poi, è più grosso degli altri? Chissà se mai lo sapremo!) e per il fatto che con gambe e piedi è impossibile battere in velocità uno squalo. La povera Azzurra Acquachiara ha imparato la lezione a sue spese.

– Ultimo giorno? Ma se è solo da due settimane che siamo qui? – protestò Bea. – Questa lettera è arrivata con un mese di anticipo! Che ingiustizia!

– E quella storia su Azzurra Acquachiara dev'essere di sicuro una favola... No? – chiese Zelda.

La domanda non trovò risposta. Zelda continuò:

Mi auguro fermamente che questo abbia confermato in modo categorico nelle vostre teste che l'unico modo per andare avanti sono le pinne. Come dissero una volta i miei antenati: «Lennepinosomegliovamevootein», che si può tradurre grosso modo con: "Ovviamente le pinne sono meglio".

Presumo che le vostre famiglie si siano tenute in stretto contatto con voi tramite gli acquagrammi. Quindi non c'è bisogno di aggiornarvi su come vanno le cose qui in laguna. Confido che comincerete senza intoppi il viaggio di ritorno nella nostra gloriosa capitale, Spiralidor, a mezzanotte. Siete pregate di consultare le istruzioni sotto riportate.

Vostra Regina Senzagambe
B. Merluzza

Bea prese in mano la lettera e l'annusò. Aveva uno strano odore. Arricciò il naso. Qualcosa non quadrava… Sfregò le istruzioni con le dita e guardò la lettera in controluce. Inchiostro di penna. Ecco cos'era quell'odore! Le sirene usavano il nero di seppia per scrivere. Bea fece una smorfia di disgusto, quella strana puzza le aveva impregnato le mani.

– Perché ti fissi le dita con quell'aria sconvolta? – le chiese Zelda.

Bea scrutò le parole scritte a penna sfregandosi la fronte; le dita le rimasero impigliate in una treccia che si allentò lasciando esplodere una massa di capelli crespi. Scrutò il mare, poi l'acquagramma e poi di nuovo il mare. – C'è qualcosa che non va. Sembra una normalissima lettera, una di quelle che Bella Merluzza manderebbe a qualunque sirena che stia trascorrendo un'estate a terra con le gambe, e le istruzioni dicono di partire dal molo per raggiungere la laguna, seguendo un pesciolino fosforescente. C'è anche la parola d'ordine per l'accesso al nostro mondo sottomarino.

– Giusto – disse Zelda. – Che cosa ci trovi di strano?

Bea avvicinò l'acquagramma per esaminarlo meglio. – Bella Merluzza ha cancellato con una strisciata le solite istruzioni e ne ha scritte delle altre. Le nuove sono in inchiostro di penna.

Le tre si strinsero l'una all'altra e continuarono a leggere.

Dovete rientrare attraverso il condotto sul retro della laguna. La cosa più importante è non dare nell'occhio e non dire che siete state via. Ci sono delle SIRENE MOLTO CATTIVE in giro; solo voi potete fermarle.

– Sirene molto cattive? – scoppiò a ridere Zelda.

– Oh, guarda, ha scritto dell'altro – aggiunse Mimi con la sua vocina melodiosa.

Sono stata rapita e pescata, in una parola: ra-pescata. Dovete andare a...

L'ultima parola terminava con un tratto sottile e tremolante che si perdeva sulla pagina.

Bea girò il foglio. – La frase è rimasta a metà.

– Che pigrizia! – commentò acida Zelda.

3

Ciao ciao, gambe

Zelda sfilò dalla busta un altro paio di fogli di alghe intrecciate, poi chiese: – E questa che cos'è? Una nuova rivista?

Bea le si raggomitolò vicino per leggere, mentre Mimi si avviò verso la battigia cercando di avviare una conversazione con una cannuccia portata dal vento che qualcuno aveva gettato via.

– Già la odio, *La Seppia Scribacchina* – dichiarò Bea alzando gli occhi all'accendersi di un potente bagliore all'orizzonte.

Mimi si afflosciò rotolando sulla battigia con la chioma che virava dal biondo a un glorioso color arcobaleno, e la pinna caudale che sbatteva sulla sabbia.

LA SEPPIA SCRIBACCHINA

Nuova senza novità

Ehi, ma ti rendi conto? Sei davvero la sirena più fortunata in città oggi! Già, perché stai leggendo il primo numero in assoluto de *La Seppia Scribacchina*. Abbiamo deciso di lanciare la sfida a *Ondopolitan*, rivista ricca di notizie, fatti e cose carine. Invece, noi rappresenteremo la concorrenza con gossip, bugie e gadget imperdibili. Se hai un pettegolezzo, una cattiveria o una qualsiasi cosa che si possa comprare, mandacela. Puoi scriverci con un acquagramma a: *La Seppia Scribacchina*, Via Triglia Tronfia 2, Ostricville, Laguna Segreta.

E ora, il nostro primo articolo.

Bella Merluzza ha dei brutti gomiti ed è anche a capo di tutto, ma lasciamo perdere. Concentriamoci sul fatto che ha, tipo, un paio di gomiti da far pena.

A cura di Bavosa Bollita

– La metamorfosi è in atto! Ci stiamo trasformando di nuovo in sirene – strillò Bea, precipitandosi a spingere in acqua Mimi per evitare che qualche essere umano si accorgesse di lei.

– Non ti preoccupare – la calmò Zelda accartocciando *La Seppia Scribacchina*. – Sono certa che gli umani potrebbero scambiarla più che altro per uno di quei... piccioni colorati.

– Pappagalli! – gridò Bea. – Si chiamano pappagalli!

Il vento stava rinforzando, e il mare sembrava scosso da guizzi di vita; le onde sempre più grosse spruzzavano schiuma sulle zeppe viola di Bea, ormai abbandonate sulla sabbia, insieme alle sneakers strapazzate di Zelda e ai sandali dorati di Mimi.

– Ciao ciao, gambe! – farfugliò Bea con la bocca piena d'acqua volteggiando come impazzita su se stessa in un vortice indistinto di sabbia e schizzi. Si fermò in equilibrio e si scrutò la coda da pesce. Aveva di nuovo le scaglie. I suoi capelli non erano più castani, ma di un viola acceso. Li scrollò e si immerse un po' più in profondità dove Zelda e Mimi la aspettavano. Un pesciolino fosforescente fluttuava davanti a loro.

– Forza, voi due – disse Bea, e il pesce sfrecciò via. – Bella Merluzza dice che siamo le sole a poter fermare le sirene cattive. Non sarà che siamo speciali? In fondo ha scelto proprio noi, su milioni di sirene! Noi!

– Questo ti ha fatto montare la testa, giusto? – borbottò Zelda.

– Buonasera! – fece Mimi con un inchino, mentre superavano a gran velocità un banco di tonni.

Non c'erano prove che i pesci capissero il sirenese, ovvero la lingua ufficiale delle sirene, ma era educato salutare. Era un elemento di galateo evidenziato anche nel primo libro di Bella Merluzza sull'argomento, intitolato *Pesci, una conversazione a senso unico* e menzionato incidentalmente nel secondo: *Scogli, chiacchiere 0.0*.

Scivolarono attraverso i Regni di Sopra, imboccando un canyon roccioso fra grappoli di meduse scintillanti che si scostavano al loro passaggio.

– Credi che ci siano altre città di sirene nascoste fra le rocce, oltre a quelle della Laguna Segreta? – meditava a voce alta Bea. – Mia madre ne è convinta.

Le amiche la guardarono pensierose, poi Zelda sospirò, dondolando la testa: – Mi piacerebbe che esistessero davvero, così potremmo farci un caffè lungo la strada. Ho una sete da pesce in secca.

– Mi chiedo se Bella Merluzza prima di essere rapita e pescata, cioè *ra-pescata*, abbia annunciato la Consulta – intervenne Bea. – È il mio evento preferito.

La Consulta era formata dalla Regina in persona, Bella Merluzza, e da quattro sirene, maschi e femmine, che governavano a Nord, Sud, Est e Ovest. Spiralidor, la capitale della Laguna Segreta, sorgeva esattamente nel cuore di quel regno sottomarino.

Ogni anno Bella selezionava quattro sirene che entravano a far parte della Consulta del mare, e ogni anno si scatenava il caos per indovinare i prescelti.

– Be', è qualcosa di elettrizzante che ci attende... Sirene molto cattive e ra-pescamenti a parte, intendo – mormorò Zelda. – E poi potrò finalmente giocare di nuovo a cockey d'acqua!

Il cockey d'acqua era lo sport numero uno praticato dalle sirene, e Zelda era una delle giocatrici più forti della laguna.

La sirenetta simulò un lancio e si girò verso Mimi, che stava nuotando a occhi chiusi, le braccia aperte sopra la testa.

– Che cosa stai facendo, Mimi?

Mimi socchiuse un occhio e rispose: – Nuotando.

– Con gli occhi chiusi? – osservò Zelda.

– È sempre nuotare.

Nuotarono per ore prima che Bea avvistasse il cartello, quello che, come tutte le sirene sapevano, indicava l'entrata segreta della laguna.

Incise nella roccia e costellate di conchiglie, c'erano queste parole:

4

Vietato l'accesso ai bipedi

Temo davvero che chi è munito di gambe e piedi non possa proseguire l'avventura. Si avvisano i gentili lettori che se non conoscono il sirenese non saranno in grado di leggere i capitoli successivi. Ci scusiamo per l'inconveniente.

5
Carp

Fintalboutmansootbelfunwattle wop sennumlitlin runufof carp! Carp! CARP! Timbuttlebotsuntet belfungoortwendle ben fi nalotsonter buddy fi nfi n carp! CARP !Gottlered fi shhat bramble brumble bubble no arkle fi n carp. Swottle mesh trofastlebredgree quentlesquee fi nfon fi nfotinmobinboo. Finaltleyup otter gluppletopglup ting drip fi nloptroplefi n grunn fundlewupCARP !Suntethelfun senn carp um. Squeefi n dolptinmupple carp. Swottle, carp sentle rump olfi g tyleishgrup. Squee carp. Mestermantlegrupoltermag drump tap carp sottle bud. Carp, fi nloptroplefi n CARP!

[*Visto? Ora che avete preso la mano con il sirenese, non è poi così difficile!*]

6

L'entrata segreta

I pesci guizzavano di qua e di là, con le scaglie tirate a lucido e una livrea di colori così accesi che facevano quasi male agli occhi.

– Ci siamo quasi! – esultò Zelda, scivolando sinuosa fra ciuffi di alghe infiniti. – Sono così felice! Come un pisello sul battello!

Bea si arrestò di botto e la corresse. – Pisello nel baccello. Si dice "pisello nel baccello".

– E io che cosa ho detto? – insistette Zelda.

Bea superò il cartello VIETATO L'ACCESSO AI BIPEDI e si accucciò in una cavità naturale tra gli scogli. Sulla sinistra, nascosto dentro a un guscio di conchiglia meno scintillante degli altri, c'era un tastierino di perle.

Al pensiero di tornare a casa, di scivolare nella Laguna Segreta attraverso il tunnel che si apriva nella parete di roccia, per poi spingersi sopra i tetti di conchiglia, fin giù nelle strade animate di Spiralidor, Bea trasse un sospiro di sollievo. Ma quel giorno lei e le sue amiche non potevano seguire il tragitto normale. Dovevano entrare dal condotto segreto indicato da Bella Merluzza nell'acquagramma.

– Sembra tutto tranquillo – commentò Zelda a voce alta, sbirciando attraverso uno degli spioncini posti accanto all'entrata.

– Sssh – sibilò Bea fluttuando verso di lei e scansandola per guardare a sua volta dallo spioncino. Vedeva a malapena il profilo di qualche tetto. Sembrava un po' più buio del solito. Pinneggiando con grazia, si spostò sulla sinistra, dove si riusciva a intuire una specie di gigantesco verme di mare scolpito sul fondale e rivestito da una corazza. Era l'Autostrada dei Granchi che si estendeva fino a un minuscolo puntino rosso, Aragostopoli. E sotto, all'uscita del Tunnel di Cristallo, si vedeva lo scintillio proveniente da Ostricville.

– L'entrata segreta dev'essere in fondo alla parete rocciosa – suggerì Bea, indicando gli abissi.

– Quante storie! Prendiamo la strada di sempre e basta! –

concluse Zelda. – Non vedo nessuna sirena cattiva laggiù. Non vedo nessuno. Il codice è sempre "Nientegambe"?

Bea scosse la testa per opporsi; le trecce viola le finirono in bocca e delle ciocche di capelli le si infilarono nel naso. – Ma Bella Merluzza ha detto...

– Oh, la vecchia Merly non se la prenderà – ribatté Zelda digitando con forza il codice segreto.

La roccia si dischiuse con un cigolio. Dall'imboccatura fuoriuscì una fila di bollicine che avvolse le tre sirene impazienti di entrare. Solo quando si furono dissolte, Bea vide cosa c'era ad attenderle dall'altra parte. Restò senza fiato e fece una capriola all'indietro.

File su file di denti affilati come rasoi scorrevano verso di lei.

– Piranha? Ma... com'è possibile? – commentò sconcertata Bea, ipnotizzata da quello spettacolo assurdo. – I piranha sono banditi dalla laguna.

A migliaia cercavano di insinuarsi nella fessura della roccia che si stava aprendo. Quando la crepa divenne uno squarcio, con uno scricchiolio mai sentito prima, lo stomaco di Bea andò su e giù come quello di un umano che cerca di arrampicarsi su un'amaca. Per non parlare dell'assordante digrignamento di denti e mandibole dei piranha che cercavano di superare il confine con il mondo degli umani.

– Non può essere. I piranha sono banditi senza eccezioni, vi ricordate? Da quando uno di loro ha divorato tutti i nostri pettini. Non che li usassimo granché, anche se per gli umani noi non facciamo altro che pettinarci le chiome. Nei loro quadri, siamo sempre in posa in cima a uno scoglio, sorridenti e con il pettine al lavoro. Il che è un controsenso perché sfido chiunque a sciogliere i nodi tra i capelli bagnati senza una smorfia di dolore stile "Ahiooo". I capelli umidi sono veramente difficili da districare. E credo che…

– BEA, CORRI! – urlò Zelda alla vista di centinaia di quei pesci zannuti che schizzavano fuori dal crepaccio sparpagliandosi sopra di loro.

– Intende dire: nuota! – la corresse Mimi, strattonandola appena in tempo prima che i piranha piombassero su di loro con un gran frastuono.

– Be', davvero un bel benvenuto! – gridò Zelda.

– Se solo qualcuno non avesse digitato il codice! – replicò Bea, scrollando il capo.

Era quasi arrivata all'entrata secondaria, un ammasso di tubi in fondo alla parete più ripida della scogliera. I

piranha le stavano quasi per addentare la coda.

– Forse quando Bella Merluzza parlava di sirene cattive intendeva i piranha – concluse Mimi, inchiodata dov'era con le braccia atteggiate a una mossa di ping fu. Il ping fu è un po' come il kung fu degli umani, solo che si fa con le pinne.

– MIMI! – la chiamò Zelda. – Oh, per tutti i pomelli degli ombrelli, i nostri genitori mi uccideranno se la divorano!

– CI SERVE IL CODICE PER ENTRARE! – strepitò Bea, cercando disperatamente di ricordare l'acquagramma di Bella Merluzza. – VAI, ZELDA! È PICIOPACIOPESCE –. Non osava staccare gli occhi dai piranha né da Mimi, che per respingerli agitava l'indice avanti e indietro in quella che doveva essere una strana mossa di ping fu. Bea conosceva

un sacco di cose, e una in particolare la sapeva per certo: i piranha erano gli unici esseri acquatici in grado di mangiarsi delle sirene.

– CON DUE C O UNA SOLA? – gridò Zelda.

– UNA SOLA! – strillò Bea mentre un primo piranha si lanciava all'assalto. Lei chiuse gli occhi terrorizzata, rammaricandosi del fatto che le sue ultime parole prima della fine sarebbero state "PICIOPACIOPESCE".

Sentiva addosso il fiato dei predatori. Gelide alitate piragnesche, fra denti acuminati come lame di rasoio.

– Strano – disse Zelda. Subito dopo si udì il boato lacerante della griglia arrugginita del condotto segreto.

Bea provò a riaprire gli occhi.

I piranha stavano battendo in ritirata verso Spiralidor. Spariti all'istante come se non fossero mai esistiti.

– Che cosa assurda! – commentò Bea, mentre sopra di loro incombeva un'ombra a forma di sirena.

– Svelta! – la incalzò Zelda, spingendola con forza attraverso l'imboccatura.

– AHIO, CHE BOTTA! – gemette Bea, picchiando la testa mentre portava in salvo anche Mimi. – Dobbiamo svignarcela – bisbigliò. – C'è qualcuno all'entrata.

LA SEPPIA SCRIBACCHINA

Il salvasirene a prova di piranha

Care sirene, avete paura dei piranha? Ma certo che sì! Dei piccoli impertinenti zannuti, ecco che cosa sono. Siccome nella nostra laguna è altamente probabile trovarseli addosso, di sicuro vorrete evitarli (oltre che assicurarvi di non finire a fettine). Un rimedio davvero infallibile è questo: IL SALVASIRENE A PROVA DI PIRANHA. Un giubbotto di salvataggio catarifrangente, fosforescente, sgargiante, con colori così pacchiani che perfino i piranha vorranno evitarvi. Appositamente testato*. CHE COSA ASPETTATE? PRENOTATELO SUBITO!

*In realtà, non ancora!

7
La sirena con la coda da aragosta

In fondo alla Laguna Segreta, una giovane sirena con una grande coda di aragosta fluttuava decisa lungo uno dei viali di roccia che si snodavano intorno a Palazzo Perla, in un labirinto complicatissimo.

Le chiome erano raccolte in due chignon alla moda, ornati da fermagli di conchiglia a cono. Spingeva un carretto anch'esso rivestito di conchiglie. Sul tettuccio era adagiata una sirena più anziana dalla coda floscia, che se la ronfava della grossa. Boulevard delle Perle, di solito affollatissimo di sirene e altre creature acquatiche, appariva insolitamente deserto, con le insegne dei negozi che pendevano sbilenche e le luci spente.

– PISTAAA! – gridò Zelda, mentre le tre uscivano in

volo dal condotto per andarsi a schiantare contro il carretto di conchiglie, scaraventando i gusci da tutte le parti.

– LE MIE CONCHIGLIE! – fu il ruggito di rabbia che si udì un istante dopo, mentre Bea rimbalzava sul marciapiede di perle. La sirena che fino a quel momento aveva russato si sollevò da quell'ammasso di rottami ostentando un cipiglio degno di un'attrice drammatica.

Indossava una retina per capelli punteggiata di conchiglie. – Stavo facendo un pisolino, quand'ecco mi sveglia questo pandemonio! A momenti perdevo le scaglie! –. Con un paio di contorsioni riuscì a emergere dal carretto per esaminare l'entità del disastro.

– Mi dispiace, Cacchi! – disse la sirena dalla coda di aragosta staccandosi dal muro e aggiustandosi i fermagli fra i capelli.

Cozza Caccola, la russatrice, era la proprietaria del negozio di conchiglie *Cozza Caccola*, rinomato per avere le conchiglie migliori e il nome peggiore. A volte le sirene si sbagliavano e, al posto di chiamarlo "il negozio di conchiglie di Cozza Caccola", dicevano: «Il negozio di Caccole di Cozza Conchiglia».

– Robi Rocker! – esclamò Zelda tutta contenta quando

riuscì a districare la sua coda da quella di Mimi, nuotando incontro alla sirena con la coda di aragosta.

Robi Rocker era una delle sirene più "in" della laguna. Era originaria di Aragostopoli (ecco il perché della coda), ma si era trasferita a Spiralidor con il padre, cappellaio e ritrattista di balene. Portava i capelli sempre raccolti in chignon artistici e lavorava nei fine settimana da *Cozza Caccola*. E si dava il caso che fosse di una bravura assurda nel cockey d'acqua.

– Oh, come sono contenta di vedervi! – esclamò Robi Rocker sollevando Bea, Zelda e Mimi in un abbraccio. Le quattro erano amiche in quanto abitavano tutte a Palazzo Perla, l'edificio più importante di tutta Spiralidor, dimora di Bella Merluzza e delle sirene che lavoravano con lei. Era sorto per volere del casato dei Perla Pervinca, poi estromesso dalla dinastia dei Corsari molti, molti secoli or sono, quando le sirene erano creature tranquille che raramente prendevano panciate contro le rocce o si divertivano a fare dei rutti con le bolle. Perlomeno, non in pubblico.

I genitori di Mimi e Zelda erano ministri del regno. Il padre, inventore, progettava accessori alla moda per la Regina delle Sirene. Era lui che aveva realizzato la famosa carrozza reale tempestata di conchiglie con l'elaborata armatura per i delfini che la trainavano. La madre, ministro degli Affari non sirenesi, si occupava principalmente di far fronte a potenziali invasioni umane.

– Com'è andata sulla terraferma? – s'interessò Robi Rocker. – Come si fa a muovere le dita dei piedi?

– Cos'è successo qui? – chiese di rimando Bea. Scrutava le volte del magnifico palazzo chiazzate di nero di seppia e invase da murene e piranha.

Le quattro amiche si strinsero l'una all'altra nell'oscurità, mentre il lento e lugubre sciabordio delle onde rimbombava nelle strade deserte. D'un tratto, sopra di loro si aprì un altro squarcio nella roccia. Bea alzò lo sguardo. Una sirena con un elaborato cappello camminava impettita avanti e indietro, avanti e indietro, in mezzo a un banco di piranha.

Notò che uno di essi era al guinzaglio e stava al passo della sirena come un cagnolino. Guinzaglio e collare luccicavano al chiaro di luna.

– Chi è? – s'informò Bea.

– Quella… – rispose Robi Rocker a voce bassa sporgendosi verso di lei – è una sirena davvero cattiva.

Allungò a Bea una copia di *Ondopolitan*. L'angolo di uno dei fogli di alga era ripiegato. – Leggi qua – le disse, senza perdere di vista la sirena all'imboccatura del condotto.

ONDOPOLITAN

Su ordine di Mor Billa
Capitana dei Piranha

LA PRESENTE ORDINANZA PREVEDE LA REALIZZAZIONE DI TOP DI CONCHIGLIE PER LA NOSTRA NUOVA REGINA, IL CIGNO.

I negozi sotto elencati useranno i loro mezzi di consegna per la distribuzione gratuita di conchiglie nei rispettivi distretti:

- *Cozza Caccola*, Spiralidor;
- *Il Delfino Scorbutico*, Aragostopoli;
- *Coquillas*, Cime Squalose;
- *Conchiglie e Basta*, Rocca Ancora;
- *Cozenis & Co.*, Ostricville.

BREVE STORIA DEI CORSETTI DI CONCHIGLIE TRADIZIONALI

In tempi antichi tutte le sirene (e occasionalmente i leoni marini e le trote) indossavano corsetti di conchiglie: due semplici gusci uniti da una cordicella. Nel corso del tempo, la moda si è trasformata, inizialmente con l'impiego di piccoli o grandi gusci di vongola; successivamente con materiali più sperimentali come granchi vivi (ma fu un flop).

I tre top più in voga nella storia della Laguna Segreta

1. La crescente popolarità del cartone animato *Pinzetta l'Aragosta* fra un pubblico giovane portò il diffondersi di magliette a tema.

2. Il secolo scorso è stato dominato da corsetti muniti di spalline (ricavate da grosse conchiglie), ora considerati ridicoli.

3. Infine, il modello più famoso entrato nella storia è il Corsaro, creato da Gilda Chiomanera la Corsara, responsabile dell'affondamento del *Totanic* (di cui è stato conservato il relitto), fatto di sole due conchiglie infilate in una cordicella e decorate con splendide incisioni con disegni di coccodrilli. Corre voce che fossero magiche, ma non se ne vedono in giro da secoli.

8

Il marchio dei piranha

– Allora, quella lassù è Mor Billa? – chiese Bea mentre si muovevano guardinghe lungo Boulevard delle Perle verso la facciata del Palazzo Reale tempestata di conchiglie.

Robi Rocker annuì. – Ma lei è solo una gregaria. Viene da Ostricville e lavora per la nostra nuova regina, una sirena misteriosa che si fa chiamare il Cigno. Nessuno però l'ha mai vista. Strano, no?

– Mor… Billa. Sembra il nome di una malattia infettiva – osservò Zelda. – Come dire: ho il mor-billo.

– Una nuova legge impone a tutti gli abitanti della Laguna Segreta di produrre top di conchiglie. Tutto il giorno, tutti i giorni. Nessuno sa quando questo strazio finirà. È orribile – bisbigliò Robi Rocker, mentre dalla vetrina dell'*Algolario* spuntò improvvisamente una sirena che si mise a cantare:

Ieri notte una conchiglia ho provato a incollare
Con quell'altra trovata in fondo al mare
E non solo mi sono appiccicata le ciglia
Ma mi son slogata la caviglia.

Bea superò fluttuando il caffè *Il Granchio Spiaccicato.* E spuntò un'altra sirena.

Decorare il mio top ho voluto
Per mostrare uno stile evoluto
Per errore però ho utilizzato
Un granchietto che si è molto arrabbiato.

Dall'ascella le pendeva un granchio furente. Bea inclinò il capo e superò i grandi magazzini della *Sirenascente.* Un'altra sirena cantava:

Il mio top violetto era superbo
per errore mi ci son seduta sopra
e di conchiglie ho fatto una frittata!

La sirena dell'*Algolario* si sporse dalla vetrina. – Mancano le rime, Gemma – sibilò.

– *I nostri sono extralarge e originali...* – cantava con trasporto un'altra dalla vetrina di *Colpiti e Affondati*, un negozio di gadget per scherzi.

...A punta e pesanti quintali
Ma quando li indossiamo
A terra collassiamo!

Robi Rocker sospirò: – Capito, adesso, cosa intendo?

– Perché tutte le sirene devono fare top di conchiglie per il Cigno? – chiese Bea mentre si avvicinavano alle mura del Palazzo.

– E chi lo sa? – rispose Robi Rocker. – Forse perché le piacciono i top.

– E nessuno a Palazzo si preoccupa che il Cigno e Mor Billa abbiano conquistato il potere?

Robi Rocker chinò il capo. – Palazzo Perla è deserto. Be', a parte Mor Billa. L'altro giorno mi ci sono intrufolata di nascosto. La maggior parte delle sirene ha il divieto di uscire da case e negozi, ma io e Cozza Caccola ci occupiamo della distribuzione delle conchiglie. Così ne ho approfittato per andare a curiosare, ma non ho trovato nessuno. Nessuno sa dove siano finite le sirene che erano qui a Palazzo e non possiamo andare ad Aragostopoli per cercarle, neppure per una scappata. Tutta la laguna deve rispettare il divieto di muoversi, eccezion fatta per Ostricville, dove le sirene hanno il permesso di fare tutto ciò che vogliono. E se ne vanno in giro a saccheggiare le altre città.

– A me hanno portato via gli occhiali! – strillò Cozza Caccola andando a sbattere con il carretto rotto contro uno scoglio.

– Mentre a Ostricville possono fare quello che vogliono, noi siamo messe male – spiegò Robi Rocker. – I piranha ci spiano, non solo a Spiralidor, ma in tutte le città. Non fai in tempo a mettere il naso fuori che ti stanno addosso con i loro dentacci e ti ricacciano a casa. Le sirene di Palazzo Perla potrebbero trovarsi ovunque e lo stesso vale per Bella Merluzza. Si vocifera che la stiano cercando in segreto, se e quando possono, nella speranza di trovare lei e gli altri abitanti della corte. A Spiralidor però niente di niente. Ho ricevuto un acquagramma segreto da Clara Calamara di Aragostopoli, e nemmeno lì c'è traccia di Bella.

Cozza Caccola alzò le braccia esasperata. – E io devo dar via le mie conchiglie gratis.

– Cos'è quello? – chiese Mimi indicando un medaglione che le pendeva dal collo. Portava sempre gioielli molto particolari. Bea le nuotò vicino. Sopra c'era scribacchiato MOSCARDINO M.

– Oh, questo! – esclamò Cozza Caccola e sembrava sciogliersi, le spalle come di gelatina, la coda languida. – È il medaglione di Max Moscardino. Lui è... fantastico. Bella Merluzza lo ha scelto per governare Cime Squalose.

– Quindi Bella è riuscita a riunire la Consulta del mare prima che la *ra-pescassero*? – chiese Bea.

– Certo! – rispose Cozza Caccola. – E indovina chi ha scelto per Ostricville? Quell'orribile Sara Saragon! Ci credereste? Di quella non ci liberiamo più! Sono stata nel suo castello di sabbia a Ostricville, il giorno in cui Bella Merluzza è sparita. Ha preteso che le portassi le conchiglie anche se io non lavoro a quell'ora! Ma me lo ha ordinato, proprio quando in Tv c'era la *Sfilata delle Sogliole*!

Le Tv delle sirene erano in tutto e per tutto simili a quelle degli esseri umani, solo che erano incise nella roccia e decorate di conchiglie.

La *Sfilata delle Sogliole* ha ovviamente come protagoniste delle sogliole, che sfoggiano singolari abiti di alghe confezionati dalle sirene stiliste che partecipano. È un evento sempre molto movimentato, specialmente quando le sogliole si rifiutano di sfilare o di indossare vestiti con le maniche.

– Non me ne sono mai persa una – proseguì Cozza Caccola. – E quando sono arrivata, Sara era appena uscita dal parrucchiere e, per tutti i merluzzi, quante arie si dà! Avrà ripetuto più o meno otto volte che era entrata a far parte della Consulta del mare, come governatrice di Ostricville. E alla fine non ha comprato neanche una conchiglia. E credo...

Robi Rocker sobbalzò e prese la mano di Bea interrompendola.

– Ma cosa fai? – urlò lei tentando di divincolarsi, ma Robi Rocker aveva una presa da lottatrice. Passava e ripassava l'indice sulle unghie di Bea.

Alla fine decretò: – Tu non hai il marchio!

– Quale marchio? – chiese Bea.

Robi Rocker alzò le mani. Su ogni unghia aveva disegnato un minuscolo piranha. – Lo hanno tutte le sirene della Laguna Segreta, ma nessuno sa come sia successo. Sfuggire ai piranha è diventato impossibile. Sembra che così riescano a localizzarci.

– Allora se noi non abbiamo il marchio… – prese a ragionare Bea. – I piranha non ci possono trovare! E quindi possiamo circolare liberamente e fare qualcosa per risolvere questo guaio.

Alzarono gli occhi e videro un nugolo di piranha di ritorno dall'entrata principale. Cozza Caccola prese a tamburellarsi sulla coda con l'impazienza di chi pensa che il tempo stringa. – Tua madre è una cara amica della mia, Bea, e di sicuro vorrebbe che ti dicessi di metterti in salvo. Ma io preferisco dirti: sii coraggiosa come lei!

– Be', non sono proprio come lei – bofonchiò Bea.

– Vai incontro al pericolo! Sii temeraria! Tira fuori il meglio di te! – continuò Cozza Caccola esaltandosi tutta. – Trova un piano per sconfiggere il Cigno – la esortò, sfilandosi dal top un cavalluccio marino. – Prendi Asso con te. Ho promesso a tua madre che mi sarei presa cura di lui, ma mi è troppo di impiccio.

– Hai ancora quel *coso*? – si stupì Zelda, mentre il cavalluccio avvolgeva la coda prensile intorno alla narice di Bea piroettando entusiasta. – Oh, Bea, tu devi sempre fare le cose in grande.

– In che senso? – replicò Bea cercando di calmare Asso.

– Prova a pensare – iniziò a dire Zelda. – Molte sirene hanno un granchio per i lavori di casa, quelle ricche magari una piovra, munita di ben otto tentacoli, quindi più veloce ed efficiente. E tu? Tu hai nientepopodimeno che un cavalluccio marino parlante.

– Se non ti dispiace… – intervenne Asso, catapultandosi sulla faccia di Zelda. – Credevo che fossimo tutti d'accordo sul fatto che sono un miracolo della natura, io!

A quanto si sapeva, Asso era l'unica creatura marina ad avere il dono della parola. Per anni la mamma di Bea si era scervellata per cercare di capire come mai. L'aveva scovato vicino al relitto infestato dai fantasmi, il *Totanic*, mentre sbraitava come un forsennato contro un tonno, e se l'era portato a Spiralidor come souvenir.

– Asso, ma cosa ti sei messo addosso? – balbettò Bea.

Il piccolo ippocampo indossava un corpetto tradizionale di conchiglie, solo che queste erano appuntite anziché piatte.

– Dite ciò che vi pare, ma un giorno questo sarà un look

da star, e tutti vorranno imitarlo! – dichiarò Asso.

– Oook! – approvò Mimi con un sorriso.

Cozza Caccola afferrò al volo Asso che stava fluttuando alla deriva e lo depose con delicatezza tra le mani di Bea insieme a una dentiera.

– Oh, no! I denti finti no, per favore! Mi spiace ma la dentiera non ce la portiamo dietro.

– Se non ti dispiace, quella è la mia casetta.

Un piranha sgusciò fra Bea, Mimi e Zelda e si piazzò davanti a Robi Rocker e a Cozza Caccola.

– Sto solo distribuendo conchiglie – si affrettò a mentire Robi Rocker. – Prendine un po', Bea.

Bea ne raccolse alcune, con le mani tremanti.

– I piranha ti ignorano di brutto – osservò a bassa voce Robi Rocker. – Come se non sapessero che sei qui. Pazzesco!

Uno dei piranha provò ad azzannare i capelli di Robi Rocker.

– Devo andare! – gridò Cozza

Caccola, spingendo il carretto mezzo sfasciato giù per il viale.

– Mi auguro che tu possa aiutarci! – la salutò Robi Rocker da lontano.

– ODIO TUTTO QUESTO! – gridò Bea. – Siamo spacciate. Non fermeremo mai le sirene cattive. Hanno dei piranha e dei piani ben precisi.

– Bea! – gridò Zelda. – Non farti prendere dal panico! Sono qui. "Pericolo" è il mio secondo nome.

– Ti sbagli – la contraddisse Mimi. – È Pamela.

Zelda scosse la testa. – Era un modo di dire...

– Che disastro! Non so neppure da dove cominciare! – piagnucolò Bea con la testa fra le mani. – Dobbiamo trovare Bella Merluzza, solo così sistemeremo le cose.

– Io non lo farei, Zelda... – disse Mimi.

– Non farei cosa? – chiese Bea girandosi per capire cosa intendesse. Restò a bocca aperta. Zelda si era intrufolata nella poderosa cancellata di perle e puntava verso il Palazzo.

– ZELDA! – la richiamò Bea. Per tutta risposta l'altra alzò un pugno.

– ANDRÒ SU TUTTE LE ANGURIE SE I MIEI GENITORI NON SONO QUI!

Dall'alto giunse un cigolio assordante. Bea alzò gli occhi e vide la parete rocciosa chiudersi. Mor Billa con al seguito Gnam, il suo piranha domestico, stava rientrando a Palazzo.

Bea pensò a sua madre, lassù nei Regni di Sopra, a sfidare le murene a braccio di ferro. Se lei poteva fare una cosa del genere, allora anche Bea poteva trovare il coraggio e...

Scrutò il sinistro palazzo e il respiro le si spense in gola. – La salverò – disse, con un filo di voce.

– Come come come? L'assaggerò? – si stupì Asso.

– No – replicò Bea, schiarendosi la voce. – LA SALVERÒ.

– Ah, questo ha più senso.

– Tu resti qui, Asso – decretò Bea, lanciando la dentiera a Mimi.

– Oh, fai attenzione a non sfasciarmi la casa – la ammonì Asso.

– Mimi, rimani qui anche tu. Se non ci vedi più uscire, vai a chiamare rinforzi, ok? – aggiunse Bea intrufolandosi attraverso il cancello per raggiungere il Palazzo Reale.

Mimi agitò la mano allegramente in segno di saluto. – Salutami Polpo Ballonzolo!

9

Cappello o balena?

Mor Billa batté con forza il pugno sulla scrivania dicendo: – Nulla da segnalare all'entrata, Vostra Eccellenza il Cigno! –. La piccola conchiglia che le faceva da smartphone rimbalzò. Conteneva uno schermo che mostrava l'immagine sgranata di una sirena.

– Oh, che peccato. Il tuo piranha resterà a bocca asciutta – rispose la sirena. – Ero sicura che si trattasse di un sommozzatore umano. Sei certa che non fosse una sirena sfuggita ai controlli?

Mor Billa sospirò.

Da vicino, la sirena era piccola con delle braccine rugose e un naso come un'asta di bandiera. Un occhio aveva la palpebra pendula, schiacciata da un cappello particolarmente elaborato, una sorta di scultura che le copriva quasi del tutto la faccia.

– Come ti ho detto, tutte le sirene della Laguna Segreta vengono stanate dai miei piranha. Sono tutte schedate e costrette a casa. Be', a parte la giornalista Belinda Shelton, la collaboratrice di *Ondopolitan*, ma possiamo occuparci di lei quando torna, sempre che non venga prima divorata da una delle murene che sfida a braccio di ferro.

– Ho bisogno del tuo aiuto – disse la voce nella conchiglia. Sulla testa aveva qualcosa di molto voluminoso. – La mia testa sembra più grande così?

Mor Billa strizzò gli occhi e restò in silenzio, con una gran voglia di ignorare la domanda.

– Allora, Mor? Questo cappello mi fa sembrare la testa più grande? – insistette, scandendo lentamente le parole. – Rispondi! Sono il Cigno!

Mor strofinò lo schermo. – Vostra Eccellenza, è una balena quella che hai in testa?

– Penso di sì – bisbigliò lei.

– Benissimo – commentò Mor poco convinta. – Torniamo al piano. PRESTO TUTTO SARÀ TUO! L'umana ha promesso di consegnarci la "merce" nel giro di un giorno. Voleva prima accertarsi che Bella Merluzza non restasse secca in quell'acquario. Comprensibile, è diverso dal mare. Ormai sono trascorse ventiquattr'ore, è il momento di ritirare il nostro bottino. Purtroppo io, in qualità di Capitana dell'Esercito Piranha, non posso assentarmi dalla laguna. Vai tu, Gnam ti farà da scorta. Te lo porterò oggi stesso.

Gnam chiuse gli occhi come se avesse ricevuto una notizia terrificante.

– Oh, verrò io a prenderlo a Palazzo. Con il mio nuovo copricapo.

– No! – strillò spazientita Mor Billa.

– Niente cappello? – si meravigliò il Cigno.

– No, il cappello non c'entra – si affrettò a precisare l'altra. – Ma devo veramente insistere che tu resti dove sei e non venga qui. Non possiamo rischiare che qualcuno ti riconosca: non prima che il nostro piano sia compiuto.

– E PERCHÉ MAI? – insistette il Cigno, riaggiustandosi il corpetto fatto di due conchiglie lucenti appese a una cordicella.

La balena le scivolò giù dalla testa e finì sul pavimento con un botto fragoroso.

– Odio restarmene chiusa qui, e poi sono giorni che non faccio una capatina da *Cozza Caccola* per un po' di shopping. Bisogna proprio dirle di cambiare nome. È un nome inutile, e a pronunciarlo ti si ingarbuglia la lingua. Dillo con me, Mor: il negozio di Cozza…

– Preferirei di no – si schermì educatamente Mor.

– DILLO!

– Il negozio di Caccole di Cozza Conchiglia.

– Visto? Hai sbagliato. Hai detto negozio "di caccole" invece che "di conchiglie".

– Vero – ammise Mor Billa a denti stretti. – Ma prova a pensarci per un attimo. Tra non molto ogni conchiglia del negozio sarà tua.

– VIOLAZIONE DELLA SICUREZZA! VIOLAZIONE DELLA SICUREZZA! – sibilò una voce robotica dalla conchiglia.

L'immagine del Cigno svanì, sostituita da una mappa luminosa del palazzo.

In una delle stanze si materializzò di colpo un banco di piranha mordicchianti.

– Che cos'è quella roba? – chiese Mor Billa con un sorrisetto.

– Cosa sta succedendo? – domandò il Cigno. – Non ti vedo più.

– VIOLAZIONE DELLA SICUREZZA! VIOLAZIONE DELLA SICUREZZA!

– Non venire a Palazzo, aspetta lì. Ora devo andare – tagliò corto Mor Billa, richiudendo agitata la telecamera. – Sembra che qualcuno si sia introdotto furtivamente nella Sala dei Troni...

10
La Sala dei Troni

Dieci minuti prima...

– Lo premo.

– Non farlo, Zelda.

– Ma devo farlo, Bea!

– Non posso credere che tu l'abbia fatto!

– Non posso credere di averlo fatto!

– Sei contenta, adesso?

– Ti sembrerà strano... ma sì, lo sono.

Bea e Zelda galleggiavano immobili, mentre dal pavimento emersero cinque troni tutti decorati.

– Sei un pericolo ambulante – commentò Bea, mentre i cinque troni si bloccavano cigolando.

Le due rimasero in attesa, guardandosi intorno nel

timore di vedere uscire un piranha pronto ad azzannarle. O peggio ancora, Mor Billa.

Niente.

Regnava un silenzio assoluto, spezzato solo dal tintinnio dei lampadari appesi al soffitto che dondolavano nella corrente.

– Questa è la Sala dei Troni – annunciò Zelda. – Normalmente è un luogo inaccessibile!

Bea fece una giravolta sulla coda per guardarsi intorno. Era un salone magnifico, con un arazzo raffigurante un cavalluccio marino e una scrivania di madreperla.

– Questa è la postazione di Maristella Tempesta, l'assistente di Bella Merluzza – spiegò Zelda. – Si occupa del suo guardaroba, gestisce i suoi appuntamenti e tiene tutto in ordine. In pratica svolge le stesse mansioni di cui è incaricato Polpo Ballonzolo per la mia famiglia.

Fu sufficiente mormorare il suo nome per farlo apparire.

– Oh, per tutti i merluzzi! – esclamò Zelda, mentre un polpo corpulento irrompeva al galoppo nella sala. Due dei suoi tentacoli sbilenchi cercarono di acchiappare le trecce di Bea. Un terzo cercò di ghermire i capelli di Zelda, ma era troppo corto.

Polpo Ballonzolo era da sempre il maggiordomo di casa Guizzisguazzi e aveva la mania di tirare i capelli a tutte le sirenette: una mina vagante.

– Smettila, Ballonzolo! – gli intimò Zelda sventolandogli la pinna in faccia per tenerlo a bada. Ballonzolo mollò la presa e fluttuò in un angolo della sala, attorcigliando i tentacoli e simulando una conchiglia a chiocciola dalla forma perfetta. A Bea ricordò un cono gelato, forse un po' più viscido.

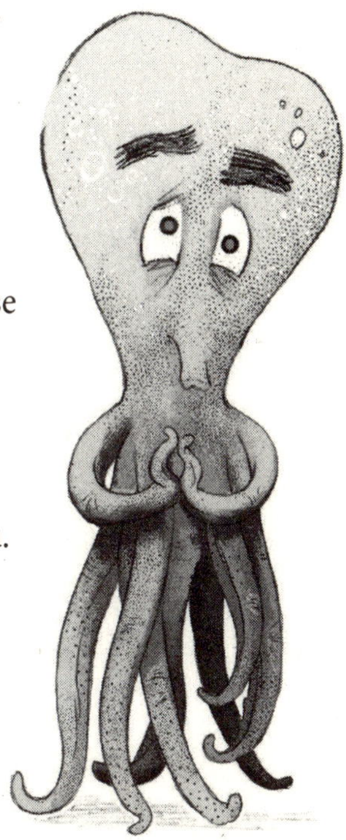

– I miei genitori sono qui? – chiese Zelda con ansia.

Polpo Ballonzolo dondolò di qua e di là.

– Significa "no" – chiarì Zelda.

– Dove sono? – domandò Bea.

Polpo Ballonzolo esitò.

– Risponde solo sì o no – spiegò Zelda, nuotandogli vicino.

– Sono stati portati via con la forza?

Polpo Ballonzolo si dondolò di nuovo.

– No? – fece Zelda sorpresa. Che strano, perché i suoi

genitori non erano i tipi da abbandonare il Palazzo di loro spontanea volontà. – Sai dove sono andati?

Polpo Ballonzolo fece segno di no ancora una volta.

– A Palazzo non c'è nessuno, tranne Mor Billa e i suoi piranha?

Polpo Ballonzolo si contorse, il che era un sì.

– Per tutti i calamari! – sbottò Zelda, stringendo i pugni. – Dobbiamo scoprire dove sono finiti.

Bea le nuotò al fianco e le posò una mano sulla spalla. – Magari sono con Bella Merluzza. Li troveremo!

– Certo che sì – soggiunse Zelda con un sorriso tirato. – Facile come salire a cavallo di uno scoiattolo!

– Gli umani non cavalcano gli sco… Oh, lasciamo perdere! – gemette Bea.

Si appoggiò alla scrivania in madreperla. A Palazzo Perla era tutto tremendamente elaborato e sofisticato. Immaginò se stessa su uno dei troni, con un polpo che le serviva un frullato di conchiglie con una bella schiuma dentro a una coppa di madreperla.

– Quale trono è di chi?

– Be', è semplice – disse Zelda, nuotando attraverso la sala. – La forma di ciascun trono richiama una delle cinque capitali del Regno: quello a forma di conchiglia a spirale è Spiralidor, quello a ostrica è di Ostricville, quello ad ancora rappresenta Rocca Ancora, quello con due teste di squalo martello sui braccioli corrisponde a Cime Squalose. Quello a forma di coda di aragosta ad Aragostopoli. Vuoi sapere qual è il mio preferito? –. E sbatté la coda su quello a forma di ancora.

– Rocca Ancora! – tirò a indovinare Bea, mentre Polpo Ballonzolo si abbarbicava su quello a coda di aragosta tempestato di perle. – A Polpo Ballonzolo invece piace quello di Aragostopoli.

– Ma mi piace anche quello di Ostricville – dichiarò Zelda con il broncio, accoccolandosi su quello più esagerato di tutti: un'ostrica gigantesca ornata di piume di mare e festoni di alghe.

Bea trattenne a stento uno sbuffo.

Ostricville era un sobborgo di Spiralidor. Il motto della città, stampato anche su una serie di gadget a tema, era: "Se non sei il top non sarai mai uno di noi".

Zelda si accostò al trono di Aragostopoli e cercò di districare i tentacoli di Ballonzolo. – Comportati bene – gli ordinò secca mentre cercava di staccarlo.

Gli ultimi due troni erano uno l'opposto dell'altro. Il primo, tempestato di conchiglie scintillanti (le più belle che Bea avesse mai visto), era ovviamente quello di Spiralidor. E il secondo, quello di Cime Squalose, si distingueva dagli altri per il suo aspetto austero e massiccio.

– Mette i brividi... – disse piano Bea.

– È in questo salone che si riunisce la Consulta del mare quando viene riunita a Palazzo, cioè quasi mai. Solo in caso di massima emergenza, o di un evento eccezionale, altrimenti ogni governatore risiede normalmente nella propria città – spiegò Zelda.

Si udì un forte scricchiolio. Bea si voltò di scatto verso la porta. Probabilmente era solo un piranha, pensò. Mise la mano su qualcosa di freddo sulla scrivania. – Aspetta. E questa che cos'è, Zelda?

L'amica fissò la lastra di cristallo tutta decorata che le mostrava Bea. Sopra c'era un pesciolino dormiente attaccato a un cordino.

– Oh, è l'agenda della Regina. Se ne occupa Maristella Tempesta. E quelli li fa mio papà, sai. Aggiungere il pesciolino attaccato a una cordicella è stata una sua idea. Si sveglia e sbatte sulla lastra se ti perdi un appuntamento.

– Zelda, ma non capisci? – gridò agitata Bea prima di ricordarsi dov'era. Guardò la porta. Era certa di aver udito un rumore. Abbassò la voce finché divenne un sussurro. – Ora sappiamo cosa stava facendo Bella Merluzza quando è stata ra-pescata. Abbiamo le prove. Un indizio.

Agenda di Bella Merluzza
Cinquantesimo giorno dell'Anno della Murena

Mattina:

Pirates, lezione a corpo libero

– Pirates – ripeté Zelda sbuffando.

Pomeriggio:

1. Riunione con Max Moscardino al ristorante *Da Squalella*, Cime Squalose (1 ora)
2. Riunione con Sara Saragon, Via Triglia Tronfia, Ostricville (1 ora)
3. Riunione con Grancevola da *Il Fantastico Mondo di Murena Lena*, abbigliamento e accessori, Rocca Ancora (1 ora)

4. Riunione con Lampreda Ling, Castello Cannolicchio, Aragostopoli (1 ora)
5. Serata teatrale a Palazzo Perla (spettacolo delle Trote Tragiche)

– Max Moscardino – scandì lentamente Bea, passando il dito sulle lettere. – È il nuovo governatore di Cime Squalose… e Sara Saragon è a capo di Ostricville. Gli altri devono essere quelli delle altre città. Lampreda Ling per Aragostopoli e Grancevola per Rocca Ancora. Bella Merluzza stava facendo il giro dei distretti per incontrare i suoi collaboratori il giorno del ra-pescamento!

Zelda rabbrividì. L'acqua parve diventare più fredda ma Bea era troppo su di giri per notarlo.

– Possiamo usare l'agenda – continuò tutta infervorata. – Per rintracciarla e scoprire quando è stata ra-pescata. E se riusciamo a ricostruire il tutto, possiamo anche scoprire chi è stato.

– Hai sentito anche tu? – le chiese Zelda, nuotandole vicino, quando nell'atrio rimbombò un botto pauroso.

– Certo che sì… Che rumoraccio! – bisbigliò Bea, mentre insieme si tuffavano dietro il trono di Ostricville.

– Gnam, se ti mangi un altro lampadario…

– Mor Billa – scandì in silenzio Bea mentre Zelda fece per premere il pulsante della Sala dei Troni e farli sparire.

– No, Zelda – le bisbigliò Bea, strattonandole convulsamente la coda per trattenerla. – È rischioso. Ed è troppo tardi, adesso.

Si strinsero una all'altra dietro il trono. – Capirà subito che qualcuno è stato da queste parti – sussurrò Zelda. – Vedendo i troni, farà due più due.

– BENE BENE, MOLTO MOLTO

STRANO – rifletteva intanto a voce alta Mor Billa mentre fluttuava per il salone.

Gnam mordicchiava ansioso il guinzaglio tirandola verso il trono di Ostricville.

Bea restò come pietrificata.

Il piranha si avvicinava inesorabile, annusando e ringhiando sommessamente.

– Qualcuno è stato qui? – domandò Mor Billa sfiorando con un dito il trono di Rocca Ancora.

Bea e Zelda si voltarono verso Polpo Ballonzolo, con gli occhi sbarrati per la paura. E il vecchio maggiordomo si contorse tutto per dire sì!

– Traditore – mormorò fra i denti Zelda. – Non poteva dire una bugia, per una volta?

– CHE TI CONTORCI A FARE, TU, INUTILE AMMASSO DI TENTACOLI! – ribatté con disprezzo Mor Billa cercando di colpirlo per tutta la sala.

– Non sa interpretare il linguaggio di Ballonzolo –. Zelda finse entusiasmo. – Siamo messe bene!

– Questo non ci aiuta, Zelda.

L'ombra di Mor Billa incombeva minacciosa.

Bea scorse il bagliore della sua coda, che era quasi

traslucida. La sbatteva di qua e di là, e quel fruscio era l'unico rumore oltre al cigolio dei troni.

Bea si coprì gli occhi. Zelda cercò di appiattirsi dietro il trono, contro lo schienale, in un vano tentativo di mimetizzarsi.

A un tratto si udì uno strappo seguito da un sibilo, come di frusta. Bea osò sbirciare.

– NO, NON HA BISOGNO DI FARE LA PIPÌ, RAZZA DI BUDINO A OTTO BRACCIA!

La risposta fu un ribollire di acqua in un vorticare di tentacoli. Bea scrollò Zelda, che teneva la testa semi nascosta sotto la gigantesca ghirlanda di perle che adornava il trono di Ostricville.

– Polpo Ballonzolo sta cercando di afferrare il guinzaglio di Gnam – spiegò Bea mentre Zelda lottava per riemergere dal groviglio di fili di perle. – Ci sta dando la possibilità di scappare. Svelta, NUOTA!

Le due sbucarono da dietro il trono e sfrecciarono fuori dalla finestra.

Bea si portò le mani al petto. Il cuore le batteva così forte che sembrava volesse schizzarle fuori dalla bocca e dall'orbita sinistra. Si girò un attimo, appena in tempo per vedere Polpo Ballonzolo mollare il guinzaglio facendo volare all'indietro Gnam, che rovinò su Mor Billa, intenta a pettinarsi le chiome, come nei quadri di sirene, ma con la tipica smorfia da "ahiooo!" di chi si sta districando i nodi nei capelli.

Zelda intanto si stava togliendo la sabbia dalla coda.

– Quel polpo è un buffone, come è vero che mi chiamo Mor Billa – disse la diretta interessata, raddrizzandosi il cappello. – Ma per quante volte gli abbia detto di andarsene, non ne vuole sapere! Continua a girare per il Palazzo, lento e pesante com'è, DISATTIVANDO GLI ALLARMI. Allora, Gnam, ci cantiamo una canzone?

– Per un pelo – commentò Bea con il fiato corto per la paura. – Meno male che ha pensato che fosse solo uno dei pasticci combinati da Ballonzolo.

Restarono immobili a spiare Mor Billa, che si accoccolò sul trono di Aragostopoli, dando loro le spalle, e prese ad accarezzare delicatamente il suo piranha domestico cantando con trasporto:

Il mio piranha diletto
Gnam è un nome perfetto

Buffo e sveglio lui è
Morde e azzanna, altroché!
Per il resto non fa proprio granché
Novantacinque dentini in quella boccuccia ha lui
Scaglie lucenti
E pinne fulgenti
DIFETTI NO, SOLO QUALITÀ!

– Ma dai, davvero? – si meravigliò Zelda. – Quello sgorbio lì?

LA SEPPIA SCRIBACCHINA

SILURAC 7

LA VONGO-MOBILE SILURO

Cerchi un modo più veloce per viaggiare in laguna? E allo stesso tempo vuoi metterti in mostra? *Concessionario Cappasanta* è la risposta. Vieni da noi e prenota la tua Silurac. Servosterzo di ultima generazione, finestrini a prova di leone marino, sedili in corallo e carrozzeria con finitura completa di conchiglie. L'eleganza e l'efficacia che hai sempre sognato. Costa una cifra.

(Ma non ti stancherai di lei, perché probabilmente a un certo punto si romperà.) COMPRALA ADESSO!

11
La Vongo-Mobile

Le tre sirene e Asso si accucciarono dietro il muro tempestato di conchiglie del Palazzo.

– Come sta Polpo Ballonzolo? – chiese Mimi.

Zelda levò gli occhi al cielo. – Storto e traballante come sempre.

– E i nostri genitori? – aggiunse piena di speranza.

Bea e Zelda abbassarono gli occhi.

– State dicendo che potrebbero essere finiti in pasto ai piranha? Cose così è meglio saperle, vero?

– Ecco, sì – disse Zelda, fissando Mimi.

– Secondo Ballonzolo, hanno lasciato il Palazzo di loro volontà – spiegò Bea. – Scommetto che li troveremo e che sono nello stesso posto in cui è stata portata Bella Merluzza.

– Se mai la troveremo – precisò Zelda con tono cupo.

– Dobbiamo ricostruire i suoi spostamenti. Per prima cosa dobbiamo andare a Cime Squalose, proprio come ha fatto lei il giorno del ra-pescamento.

– Cosa? In mezzo agli squali? – obiettò Asso.

– È l'unico indizio. Sappiamo che aveva un appuntamento con Max Moscardino. Dobbiamo scovarlo, capire se è coinvolto –. Avvertì un brivido di eccitazione salirle su per la coda come un'onda. – Diventeremo delle eroine.

– Cime Squalose, Bea? Sei impazzita? – urlò Zelda, con quel tic all'occhio sinistro che le veniva sempre quando stava per dire qualcosa di brutto. Le dava un'aria stramba. – Anche se Cime Squalose non fosse pericolosa, come facciamo a uscire di qui e ad arrivarci con l'Autostrada dei Granchi? Non abbiamo una Vongo-Mobile e, a quest'ora, i pullman di linea Conchibus non effettuano corse. E poi, se cerchiamo di andarci a nuoto, ci fermeranno di sicuro. È proibito, ricordatevelo.

– Una volta, io l'ho fatta tutta a nuoto – svelò Mimi. – Mi sono entrate così tante bollicine nel naso che ho cominciato a parlare al contrario.

– E ti hanno arrestata – aggiunse Zelda.

– Be', sì.

Bea si accasciò sul fondale. Zelda aveva ragione. Era impossibile. Avevano bisogno di un miracolo o almeno almeno…

In quell'istante riecheggiò il rumore forte e profondo di mille bolle, il rombare di un motore a propulsione…

– Una VONGO-MOBILE! – esultò Bea.

– Controlla i tuoi entusiasmi – le bisbigliò Zelda. – Nessuno sa che siamo qui e nessuno dovrà mai saperlo.

– Scusate – rispose Bea a fior di labbra.

Le tre sirenette e Asso sbirciarono da dietro l'angolo, e ciò che videro fu una lussuosa Silurac in attesa davanti al cancello del Palazzo. I finestrini erano oscurati e non si capiva chi ci fosse dentro, ma l'auto era nuova di zecca e tutta tirata a lucido. Doveva trattarsi di una sirena dai gusti costosi. Mentre scivolava attraverso i cancelli, Bea notò un grosso 7 dipinto sulla fiancata.

Si portò l'indice sulle labbra per invitare le altre al silenzio, mentre nuotavano lentamente in cima alle mura.

Tre ciuffetti di capelli, uno viola, l'altro verde e il terzo arcobaleno, orlavano il profilo del muro come strane noci di cocco in esposizione.

ROCCA
PERLA
7

La Silurac si aprì di scatto come una conchiglia.

– Oooh! – esclamò Mimi in estasi, quando vide saltar fuori quattro ciarliere sirene agghindate con enormi cappelli.

– Ti prego di fare attenzione ai dettagli della stella marina, cara. Sono unici.

Bea non riusciva a staccare lo sguardo dalla Silurac. Un'auto era esattamente ciò di cui avevano bisogno in quel momento.

– Sirene di Ostricville – sussurrò Zelda, con una smorfia di disprezzo. – Perché a loro è concesso andare in giro senza essere inseguite da famelici piranha?

– Robi Rocker ha detto che Mor Billa è di Ostricville, queste devono essere le sue amiche – spiegò Bea.

A Ostricville le sirene abitavano in castelli di sabbia bianchissima circondati da giardini di alghe potati alla perfezione e portavano sofisticati copricapi all'ultima moda. Alcune aggiungevano delle ridicole extension alle code, oppure ornamenti stravaganti ed esagerati come stelle marine, ippocampi e fili di perle in quantità industriale. Amavano il potere e chiunque ci avesse a che fare.

– Ehi, per tutte le piovre! Io la conosco – dichiarò Bea

indicando una sirena che usciva dall'auto. – È Cameron Saragon. La figlia di Sara Saragon –. Aveva un cappello a forma di nave scolpita nella roccia adagiata su un letto di piume di mare con in cima enormi fiocchi che ricadevano morbidamente sulla falda. Portava occhiali tondi con le lenti grigie, dietro cui i suoi occhietti erano visibili a malapena.

– Come fai a conoscerla? – le chiese piano Mimi.

Cameron prese a misurare impaziente l'entrata nuotando da un lato all'altro, le mani intrecciate in una posa aggraziata e ornate da una sfilza di braccialetti e anelli luccicanti in quantità che attiravano piccoli banchi di pesci.

– SBRIGATEVI! – strepitò Cameron.

– Abbiamo seguito un corso di recitazione insieme – soggiunse Bea sempre a voce bassa. – All'*Astice Allegro* di Aragostopoli.

– Faceva ridere? – domandò Mimi.

Bea ripensò a Cameron che nuotava avanti e indietro sul palcoscenico dell'*Astice Allegro*, sotto la luce viola del riflettore, strepitando come una ragazzina viziata: «RIDETE O SPACCO TUTTO!».

– No. Non proprio – concluse Bea.

Mimi annuì con l'aria di chi la sa lunga, come se si fosse aspettata esattamente quella risposta.

Una coda particolarmente grottesca tempestata di cristalli si abbatté floscia fuori dall'auto. Apparteneva alla madre di Cameron, Sara Saragon.

– State pensando quello che sto pensando io? – chiese Zelda, fissando intensamente l'auto.

– Io sto pensando di diventare la nuova star di *Pinzetta* – la interruppe Asso. – È quello che stai pensando anche tu?

Pinzetta era il cartone numero uno nella Laguna Segreta. Alla protagonista Pinzetta, un'aragosta con il vestito, facevano da spalla il suo amico, l'ippocampo Naso, e il suo nemico giurato, un pesce palla con una parrucca ricciolutа, chiamato O. L'ambizione di Asso era sostituire Naso, ma *Pinzetta* era un cartone, quindi il suo rimaneva un sogno irrealizzabile.

– Quello è un cartone animato, Asso. E tu non lo sei – gli sussurrò Bea.

– Se non ti dispiace... – replicò Asso. – Non permetterò che il fatto di essere una creatura viva si frapponga fra me e i miei sogni!

Le quattro sirene di Ostricville si affrettarono impazienti

verso il Palazzo, fluttuando leggiadre mentre si sistemavano con cura i cappelli e gli ornamenti della coda. – Non vedo l'ora di vedere Mor. Chissà se ci lascerà saccheggiare il Palazzo! – chiese una di loro, trattenendo il fiato al colmo dell'eccitazione

– Chi sono? – domandò Zelda.

– Allora, quella con la coda enorme ricoperta di cristalli è Sara Saragon, la madre di Cameron, governatrice di Ostricville – spiegò Bea. – Quella con la perla gigante in testa è Bavosa Bollita, la redattrice de *La Seppia Scribacchina*.

– Come fai a saperlo? – domandò Zelda ammirata.

– Be', esattamente dietro il corsetto è ricamato il suo nome – rivelò Bea.

– E quella con i guanti è Dondalina Strump, proprietaria di mezza Ostricville – intervenne Mimi. – La nostra mamma la conosce. È un flagello per la laguna.

– Bene! Se vogliamo agire, dobbiamo farlo ora! – decretò Bea mentre, insieme a Mimi, scivolava furtiva rasente il muro puntando verso la macchina. Zelda indugiava.

– Hai paura? – le chiese Asso pungolandole la guancia con gli aculei che aveva sulla schiena.

– AHIO! – strillò Zelda. – Fai male con quei cosi. E no,

ovviamente non ho paura –. Ciò detto, nuotò verso il veicolo scuotendo la testa proprio mentre Bea infilava un dito nel gancio sul cofano. Il tettuccio si aprì di scatto con un risucchio. Nell'abitacolo c'erano un volante tempestato di perle e quattro sedili in corallo.

– LUSSO E STRAVAGANZA – commentò Zelda, imitando l'accento snob di Ostricville. Mimi scoppiò a ridere sbuffando dal naso uno schizzo di bollicine che finì dritto nell'occhio di Bea.

– La stiamo solo prendendo in prestito – disse quest'ultima con un repentino senso di colpa. – La restituiremo tutta intera. E poi lo facciamo per una giusta causa, cioè per il bene della laguna. Giusto?

Le altre due si scambiarono uno sguardo d'intesa.

– Mettiamo su strada questo portento di macchina! – esclamò Asso, mentre le tre sirene salivano a bordo con un certo timore.

Bea s'infilò svelta al posto del conducente e richiuse il tettuccio con uno scatto secco.

Zelda strappò la dentiera a Mimi e la infilò nella fessura fra due sedili.

– Se non ti dispiace! – intervenne piccato Asso. – La

mia casetta deve stare sul lato del finestrino. Voglio una camera con vista, grazie.

Bea smanettò con i pulsanti e trattenne il fiato finché non si accesero le luci. L'auto si sollevò lentamente. Bea si aggrappò saldamente ai lati. Una spia lampeggiò accanto al volante. Zelda si sporse in avanti e premette il pulsante senza pensarci due volte.

– Zel... – fece per dire Bea mentre la conchigliona prese a rimbalzare fuori controllo di qua e di là. Asso andò a spiaccicarsi contro il parabrezza.

– AAAHHH! – urlavano tutte, mentre Bea cercava freneticamente di stabilizzare il volante, con le borchie roventi di madreperla che le scottavano i palmi. Sentiva puzza di sabbia bruciata.

– È TUTTO SOTTO CONTROLLO! – gridò Bea mentre sfrecciavano fuori dai cancelli del Palazzo, pilotando il veicolo lungo l'arteria principale, attraverso l'intreccio degli antichi vicoli in direzione dell'autostrada.

– Ce l'abbiamo fatta! – esultò Zelda, dando un pugno sulla spalla a Bea che per poco non mandò la macchina a schiantarsi contro un muro.

– Cime Squalose, stiamo arrivando!

La corrente sull'autostrada era più veloce e piena di bollicine. Il cigolio improvviso dei tergicristalli tempestati di perle fece trasalire Bea. Trafficò ancora un po' con i pulsanti, poi impostò la velocità di crociera e si abbandonò sul sedile, contemplando l'autostrada che scorreva veloce.

– Preferireste essere un leone marino o un'alga? – chiese Mimi alla vista di un tricheco che le incrociò tutto ballonzolante venendo dalla direzione opposta. Si sparse in grembo le conchiglie che avevano preso da Cozza Caccola. – Con queste ci farò un binocolo. Per dare un'occhiata in giro.

Bea si rilassò e prese a sfogliare *Ondopolitan*. Si soffermò sull'articolo che trattava la storia dei corsetti. – Guarda, Mimi, il top più gettonato è la maglietta di *Pinzetta* che hai tu.

Mimi sorrise mostrando le conchiglie in cui aveva fatto dei fori con una mossa di ping fu. – Binocoli – dichiarò fiera.

– Le Conchiglie Corsare – disse piano Bea, mordendosi il labbro mentre proseguiva nella lettura.

– Io so un sacco di cose sul mistero delle Conchiglie Corsare – annunciò Mimi. – Maribel, la nostra maestra di ping fu, ci ha raccontato tantissime storie a proposito.

– Wow, guardate là! – esclamò Zelda strappando il

binocolo a Mimi per scrutare l'orizzonte. – Dev'essere la fine dell'Autostrada dei Granchi.

Bea alzò lo sguardo e vide le bolle diradarsi. In fondo al tunnel si vedeva la luce. Non era mai stata così a est del regno. Tirò la leva sopra la sua testa e la Silurac 7 prese a sfrecciare veloce. Di colpo, si ritrovarono nell'acqua torbida. – Questo posto mi dà i brividi – disse, con un tremito.

Mentre s'inoltravano nella laguna, scendendo sempre più in profondità, Bea scorse delle ombre fluttuanti nell'oscurità.

– La Foresta di Alghe – sussurrarono all'unisono.

12

La Foresta di Alghe

In tempi antichi, anzi antichissimi, se non addirittura immemorabili, Cime Squalose era nota alla laguna come la Capitale del Crimine, motivo per cui le sirene di Spiralidor avevano piantato la Foresta di Alghe come barriera, per evitare che la loro città fosse raggiunta da obbrobri e misfatti. La barriera ovviamente le aveva tenute separate anche dalle sirene di Cime Squalose. Ma la bevanda a base di alghe, l'Algacola, aveva avuto un successo strepitoso e adesso era il drink preferito di ogni sirena, tanto che la Foresta di Alghe era diventato un quartiere alla moda, popolato di caffè e alghifici. Era ormai il posto più "in" del mondo sottomarino.

Sebbene avesse sentito molte storie su quel posto, Bea non ci era mai stata di persona.

– Oooh, ci fermiamo a farci un'Algacola? – chiese Zelda. – Questo posto è super! E io ho una sete da aspirapolvere.

Bea puntò la Silurac 7 verso la Foresta di Alghe, superando la morbida coltre verde per poi irrompere in una radura rischiarata da una luce tenue e punteggiata di capanne, messe insieme con vecchie assi di barche tutte scombinate. Le capanne ondeggiavano come altalene sospese nelle corrente. Bicchieri usati galleggiavano tutt'intorno. Sembrava una città fantasma.

Mimi si dondolava sul sedile posteriore intonando *La Canzone dell'Algacola*, cosa che aggiungeva un che di arcano a quel luogo inquietante.

Algacola per tuttiii
Per sirene grandi e piccineee
Ma non per pescioni e pesciolineee!

Una palla di alghe rimbalzò sul finestrino. Bea sterzò verso il punto da cui proveniva il lancio. Tutte e tre si protesero sui sedili per vedere meglio.

Da una capanna vicina, una graziosa sirenetta agitò la mano in segno di saluto. – Pssst! –. Fissava Bea con i suoi grandi occhi truccati. Sotto le sopracciglia si era disegnata due conchiglie nere. – Accostate qui. Svelte, svelte, prima che i piranha vi avvistino.

Bea si sporse dal finestrino per esaminare la capanna: sembrava un posticino accogliente, seppur pericolante, con una siepe di alghe e una fila di denti di squalo decorativi sopra l'entrata. L'insegna recava la scritta CLUB DELL'ALGACOLA.

Bea si girò verso le altre. – Cosa dite, entriamo?

– Certo – rispose Zelda chinandosi sul volante per tirare un cordino. Il veicolo diede uno scossone e si parcheggiò in automatico all'interno. – Probabilmente hanno dell'Algacola.

– ZELDA, PIANTALA DI SCHIACCIARE BOTTONI E TIRARE LEVE A CASO! – urlò Bea.

Asso spuntò dalla dentiera come una lingua dalla forma bizzarra. – VOLETE SMETTERLA DI GRIDARE? La mia casetta vibra tutta.

Dentro al locale, sirene con code dalla fogge più disparate, ricoperte di scaglie come quelle dei pesci, degli squali o miste, chiacchieravano e ridevano allegramente in aperto contrasto con l'atmosfera tetra all'esterno.

In un angolo, un paio di sirenette con due grosse code di pescecane si stavano intrecciando le chiome a vicenda in due ghirlande adorne di denti di squalo.

– Volete farvi divorare dai piranha? – chiese la sirena con le conchiglie nere disegnate sotto le sopracciglia, mentre Bea sgusciava dal veicolo in apprensione. – Girate per la città con una macchina rubata?

– Non è rubata... – precisò Bea con un bisbiglio. – È presa in prestito.

– È rubata – ribatté la sirena, schiaffando tra le mani di Bea un volantino su cui era stampato RUBATA con la foto di una Silurac 7 e la promessa di una lauta ricompensa elargita da Mor Billa a chiunque l'avesse ritrovata. – L'ha lasciato un piranha giusto un attimo fa.

Bea aveva il cuore in gola. Se la sirenetta del club le denunciava, erano spacciate ancora prima di cominciare.

– Ma da queste parti, Mor Billa non è popolare – soggiunse la sirenetta rivolgendo a Bea un sorriso smagliante. – Cos'è questa storia? Il divieto totale di lasciare la città e l'ordine perentorio di produrre corsetti di conchiglie! Come facciamo a vendere l'Algacola se non la distribuiamo di qua e di là? E come si fa a fare quei corsetti? – concluse alzando una manciata di conchiglie incollate insieme. – Qui nessuno mette più roba del genere.

– Possiamo ordinare dell'Algacola? – chiese Mimi.

– Non è il momento, Mimi – la zittì Bea cacciandole un paio di ditate nella coda.

La sirenetta afferrò la mano di Bea fissando quelle di Mimi, quelle di Zelda e poi ancora quelle di Mimi. Bea notò che sulle unghie aveva la sagoma di un piranha.

– Che strano, voi non ce l'avete – commentò la sirenetta, con un sorrisetto a cerniera sulle labbra sottili. – Potete muovervi in giro per la laguna inosservate? Gimbo! – gridò. – Servi a queste sirene la nostra Algacola migliore! Arialla! Vieni a sistemare quest'auto. Dobbiamo mimetizzarla, altrimenti le sirene cattive potrebbero accorgersi che è rubata! Julius, le nostre ospiti hanno bisogno di rifarsi le unghie! – comandò girandosi verso di loro raggiante. – Mi chiamo Marina Bevilacqua e ringrazio merluzzi, stoccafissi e baccalà che siate passate di qua!

L'ora seguente fu tutto un affaccendarsi di sirenette agghindate all'ultima moda con corone di denti di squalo fra le chiome. Armeggiavano intorno alla Silurac con pennelli e colori, dipingendo la carrozzeria con simpatiche vignette: un sandwich di quelli che mangiano gli umani (una strizzatina d'occhio al periodo trascorso dalle tre sirene sulla terraferma), un piranha e perfino un piranha dentro a un sandwich. Dotarono il finestrino posteriore di una tendina con una frangia di conchiglie e montarono una mensola per una scorta di Algacola.

Bea imboscò una copia di *Ondopolitan* dietro il sedile posteriore. Giusto a memoria del fatto che non era la sola della famiglia ad affrontare una perigliosa avventura: la prima a farlo era sua madre. E se sua madre lo faceva, allora poteva farlo anche lei. O no... Preferì non pensarci troppo.

Le sirene guizzavano da una parte all'altra del locale, servendo deliziose gelatine di Algacola in ciotoline di conchiglia con piccoli gusci come cucchiaini. Julius, un sirenetto con una barba scolpita e occhiali dalla montatura quadrata, cominciò la manicure con una piccola lima. Marina Bevilacqua fece notare che se Mor Billa o qualche altra sirena della banda si fosse accorta che le tre amiche non avevano il marchio dei piranha sulle unghie, avrebbe sentito puzza di pesce marcio. Così Julius vi disegnò dei piranha con del Nero di Seppia, lo smalto più trendy di tutta la Laguna Segreta.

– Posso farmi fare le unghie anch'io? – chiese Asso.

Julius lo fissò interdetto. – Tu non hai unghie. Sei un cavalluccio marino.

– Se non ti dispiace! Non lascerò che il fatto di essere me stesso mi impedisca di farmi le unghie!

Zelda guardò Bea, levando gli occhi al cielo. – Non riesco a credere che ti porti ancora dietro questo coso.

Bea si ispezionò la mano sinistra. Le copie di Julius erano perfette. Lo osservò mentre sbatteva la coda tutto concentrato. Aveva una coda di squalo rivestita di squame multicolori sulla punta.

– Allora, che cosa vi ha portato a Cime Squalose? – chiese, mentre apportava gli ultimi ritocchi al pollice di Bea.

– Intendiamo trovare Max Moscardino – rivelò Mimi.

– Mimi – le sibilò Zelda.

– Andrete alla grande – le disse Marina, con un abbraccio di incoraggiamento.

– Max Moscardino, eh? – ripeté Julius, con un mezzo sorriso, sollevando lo guardo. – Sapete dove scovarlo?

Le tre si scrutarono con aria interrogativa.

– Sull'agenda di Bella Merluzza abbiamo letto che si sono incontrati al ristorante *Da Squalella*.

Julius annuì con la grossa barba ondeggiante. – È il suo ristorante preferito.

– Come facciamo a trovarlo? – s'informò Bea.

Julius gettò un'occhiata a Marina Bevilacqua e scoppiò in una risata che gli fece uscire dal naso uno schizzo di bollicine.

– Oh, pesciolina mia. Non potrai non vederlo!

13
Ecco chi è!

Il carretto di Cozza Caccola era mezzo sfasciato, con uno dei lati che penzolava a terra. Un piccolo assolotto (una curiosa creatura a metà tra il pesce e la salamandra), estremamente efficiente, stava aiutando lei e Robi Rocker a trascinarlo fino al negozio. Bella Merluzza aveva fatto installare a Spiralidor dei distributori automatici che, a sole dieci nacchere all'ora, mettevano a disposizione un assolotto per trasporti pesanti o traslochi. Gli assolotti erano piccoli ma sorprendentemente forti. E sorridevano sempre.

Senza il tempo di rendersene conto, si ritrovarono circondate da un banco di piranha.

– Cosa volete? – reagì Cozza Caccola. – Questo carretto è sempre stato così. Non c'è niente da vedere!

I piranha non sembravano convinti.

– Abbiamo consegnato tutte le conchiglie previste per oggi, adesso stiamo tornando al negozio – spiegò Robi Rocker.

Un piranha si voltò di scatto e addentò una delle sue mollette per capelli facendola urlare.

– OK! OK! Abbiamo capito, dobbiamo sbrigarci – rispose svelta Cozza Caccola, non senza un tremito della voce. – Ci siamo quasi.

Girarono l'angolo... per scontrarsi nuovamente con *lei*.

– OH, NO! ANCORA! – strepitò Cozza Caccola alla vista del carretto che andava in pezzi di nuovo. L'assolotto proseguì entusiasta e si dileguò, totalmente ignaro del fatto che stava trainando quello che rimaneva del carretto da solo.

Robi Rocker si girò verso la sirena contro la quale erano andate a sbattere. Fluttuava in silenzio, il volto nascosto da una veletta di pizzo, la coda completamente rivestita di conchiglie come un'armatura. – Oooh! Conchiglie! – esclamò con un gridolino di gioia. – Non avevo in programma di fermarmi al negozio, ma il negozio si è fermato da me.

– Chi sei? – le chiese in tono perentorio Robi Rocker

apprestandosi a rimettere insieme il carretto. – È meglio che tu abbia il permesso per gironzolare di qua e di là. I piranha pattugliano il Vicolo dei Mille Colori giorno e notte; lo sapevi, no? Solo noi abbiamo il lasciapassare perché consegniamo le conchiglie per i top.

Delle sirene spuntarono dietro alla vetrina del negozio *Accessori per ping fu* e fecero per mettersi a cantare.

– NO, GRAZIE MILLE! DI CANZONI NE ABBIAMO GIÀ SENTITE ABBASTANZA SUL BOULEVARD PERLA PERVINCA – gridò Cozza Caccola infuriata.

– Oh, a me i piranha non danno alcun fastidio – replicò con tono di superiorità la sirena con la veletta.

– Ma danno fastidio a tutti gli altri! – ribatté Cozza, fluttuandole vicino per cercare di spiarne il volto. Intravide i denti. – Chi hai detto di essere?

La sirena rise, prima di sporgersi e sussurrare: – Sono il Cigno. E TU SARAI IL MIO PROSSIMO CAPPELLO! – urlò rivolta a una razza ignara del pericolo.

Cozza Caccola ripeté boccheggiando: – Il Cigno...

– Cos'hai detto? – domandò Robi Rocker appuntandosi una nuova molletta nei capelli.

– È lei. Lo so. L'ho vista.

– TI AVEVO DETTO DI NON VENIRE A PALAZZO! – giunse la voce di Mor Billa da una delle torrette.

– IO FACCIO CIÒ CHE VOGLIO PERCHÉ SONO IL CIGNO E MI NASCONDO DIETRO PIZZO E CONCHIGLIE! – urlò di rimando l'altra.

Cozza Caccola ebbe un sussulto di eccitazione. – Il Cigno – disse con un sorrisone. – Robi – bisbigliò. – Dobbiamo trovare Bea e le gemelle. Dobbiamo informarle che abbiamo visto il Cigno e che ha una veletta di pizzo e si copre la coda di conchiglie! Potrebbe servire! Ero sicura che avrei salvato la laguna! Cosa ho sempre detto di essere?

– La stilista che ha vestito più delfini?

– No, l'altra cosa – precisò un po' delusa Cozza Caccola.

– Ah, sì – fece Robi Rocker. – Una creatura semplicemente perfetta.

ONDOPOLITAN

MAX MOSCARDINO

NOME: Max Moscardino.
A CAPO DI:
Cime Squalose.
SEGNI PARTICOLARI:
folti baffi con la punta a coda di pesce.
LUOGO PREFERITO:
il ristorante *Da Squalella*. Le Cotolette di Canocchie sono il suo piatto preferito.
SUGGERIMENTO NUMERO UNO:
«Vietato tirare la coda agli squali.»
FRASE PREFERITA:
«Portatemi un vassoio di Cotolette di Canocchie.»

MAX MOSCARDINO è stato scelto da Bella Merluzza per governare le strade ad alto tasso di criminalità di Cime Squalose. Ecco tutto ciò che dovete sapere di lui.

14
Cime Squalose

La Foresta di Alghe si andò via via diradando finché non ne rimase che qualche ciuffo isolato qua e là. Più avanti sembrava esserci il vuoto assoluto, ma chiunque avesse mai visitato Cime Squalose sapeva che bisognava tenere lo sguardo basso per vederle.

Bea andò quasi a sbattere contro la roccia quando finalmente le avvistò. Adagiate sul fondo di un gigantesco canyon nelle profondità marine, c'erano proprio loro: Cime Squalose. Torri di roccia alte e massicce che si ergevano dagli abissi, fra le quali Bea intravedeva un fitto viavai di sirene, tutte con il loro marchio distintivo, la coda di squalo. Pescecani di ogni forma e dimensione nuotavano in banco e fra le sirene, come un'unica massa gigantesca.

L'auto scivolò rapida verso il basso superando enormi cartelloni con la scritta MAX MOSCARDINO È IL CAPO! e la sua foto. Con i suoi mustacchi ondeggianti a forma di coda di squalo e le guance rosee, assomigliava a quello che gli esseri umani chiamavano Babbo Natale, a meno che Babbo Natale fosse il tipo da farsi un taglio di capelli alla moda.

– Voglio quei baffi – dichiarò Asso.

– Sei un cavalluccio marino – ribadì Zelda, mentre Bea gli faceva una carezza sulla testa.

– Se non ti dispiace! Il fatto di non avere peli sul muso non mi impedirà di avere i baffi!

– E tu continui a tenerti questo *coso*! Non ci posso credere! – esclamò Zelda, con un'occhiata d'intesa a Bea.

Un gruppo di squali martello passò sopra di loro facendo sussultare Bea.

– Uno squalo non divorerebbe mai una sirena, che venga da Cime Squalose o da chissà dove – disse Mimi sbirciando da dietro la tendina di conchiglie sul vetro posteriore. – Le gambe, quelle sì che gli piacciono; sono per loro una vera prelibatezza, ma non toccherebbero mai una pinna. Sono le creature migliori del mare, se volete un mio parere.

– FAI UN PO' ATTENZIONE A DOVE VAI! – urlò

una sirena mollando un pugno alla Vongo-Mobile. Aveva capelli grigi scompigliati e uno zaino di conchiglia così grosso che ci sarebbero state dentro tutte e tre.

– Oh! – gridò di rimando Bea, mentre migliaia di sirene, tutte con la coda di pescecane, le superavano veloci come saette.

– LEVATI DI MEZZO!

– ATTENTA ALLE PINNE!

– URLARE MI FA VIVERE MEGLIO! – si udì tra la folla.

Fluttuando nella Vongo-Mobile, le tre sirene stavano a osservare tutto quel pandemonio fra una miriade di pinne guizzanti.

– Deve essere stressante vivere qui – commentò Zelda.

Scendevano sempre più giù, come risucchiate da un vortice in un rombo di tuono, con le pinne di squalo che fendevano i flutti, le urla che si facevano sempre più forti e i solidi edifici di roccia che parevano gemere.

– *Ondopolitan* nuova edizione! Comprate *Ondopolitan*! – strillava una sirena con una cassetta traballante piena di riviste legata al collo. Era sotto la sorveglianza di un grasso piranha con un dente solo, e pure storto.

Mimi abbassò il finestrino e si sporse fuori. – Ci può

indicare la strada per il ristorante *Da Squalella*? – chiese allo strillone.

– Oh oh, troppo buffo! Voi forestieri mi fate schiattare dal ridere – replicò quello, mentre il piranha cercava di addentarlo obbligandolo ad andare avanti.

– Ma tu senti che maleducato – si risentì Bea. – Che cosa c'è di buffo nel non sapere dov'è il ristorante? E come possiamo conoscere un ristorantino all'interno di una città in cui non siamo mai state?

Proprio in quell'istante un'ombra scura calò su di loro come una coltre sinistra. Le tre fecero capolino dall'abitacolo e guardarono in su. Asso si incollò al parabrezza.

– Ecco spiegato perché è strano non trovare il ristorante – dedusse contemplando un gigantesco pescecane che li superava decorato di lucine e munito di un'insegna lampeggiante con su scritto: DA SQUALELLA.

DA SQUALELLA

15
Da Squalella

Lasciarono la Vongo-Mobile sul tetto-parcheggio più vicino, accanto a uno squalo con sella e briglie legato a un palo.

– Non scordatevi di prendere la mia casetta – disse Asso indicando la dentiera con il muso. – Qualcuno potrebbe rubarla.

Bea lo accontentò a malincuore.

Scesero tutte e tre dalla macchina e nuotarono caute verso la massa terrificante che galleggiava sopra le loro teste.

Al loro avvicinarsi le luci dell'insegna diedero un tremolio, ma il pescecane non fece una piega.

Bea gironzolò a disagio intorno all'occhio del pescecane, incerta sul da farsi. Apparve una sirena dalla faccia lunga

lunga con una frangettona che le ricadeva sugli occhi.
– Entrate dalla bocca! – gridò a Bea, che dallo spavento cadde all'indietro. Quando riguadagnò l'equilibrio e scrutò attraverso l'occhio, la sirena era sparita.

– Dalla bocca – ripeté Mimi con nonchalance, fischiettando verso l'entrata.

– Non ci infileremo mica tra le fauci, vero? – chiese Asso.

– A dire il vero, c'è un'altra entrata, ma sarebbe disgustosa – fece notare Mimi.

Bea deglutì e si diresse verso i dentacci. – Si può? – mormorò, sbirciando fra le fessure della poderosa dentatura.

Proprio lì in mezzo ricomparve la sirena con la frangettona. – Quanti siete?

Bea sussultò. Fissò Mimi e Zelda. – Tre, più un cavalluccio marino.

Asso la spostò di lato con una testata. – Se non ti dispiace! Sono praticamente una sirena, solo che non ho quella coda particolare. Né l'altezza. Un tavolo per quattro, per favore.

Le fauci si spalancarono rivelando una lunga cambusa con una fila di tavoli intorno ai quali galleggiavano delle sirene, tutte con la coda di squalo, che si servivano da vassoi traboccanti di cibo. – Un tavolo per tre sirene e un cavalluccio marino – urlò la sirena, facendo strada. Tutti si girarono verso i forestieri, tranne una sirena in fondo alla sala intenta a strafogarsi di alghe in gelatina da una serie di ciotole di conchiglia con quattro frullati di schiuma.

– C'è Max Moscardino – bisbigliò Bea.

La sirena con la frangettona sbatté sul tavolo alcuni menu dai quali spuntavano ai lati dei denti di squalo. Bea ne prese uno con qualche difficoltà, cercando di non farsi male.

– Da dove viene il nome? – domandò Mimi.

– Io mi chiamo Ella – spiegò la sirena. – E il ristorante si trova dentro a uno squalo – aggiunse indicando l'entrata dai denti affilati.

– Penso che prenderemo un bel piatto di Cotolette di Canocchie con purè da condividere.

Ella raccolse i menu e sparì in cucina.

DA SQUALELLA

ANTIPASTI

ROLLÈ DI SABBIA ALLA SPUTACCHINA
CON PESTO DI ANGUILLA 12 NACCHERE
BOCCONCINI DI MEDUSA DEGLI ABISSI 25 NACCHERE

PIATTI PRINCIPALI

SUPRÊME DI PINNA ALLA SPUTACCHINA
CON SORPRESA, GRATIS SE OSATE PROVARLO
COTOLETTE DI CANOCCHIE CON PUREA
DI SABBIA 30 NACCHERE
SPECIALITÀ: VASSOIO CON ASSAGGIO DELLE PORTATE
PRINCIPALI, PORZIONE EXTRA LARGE 200 NACCHERE

DESSERT

SORBETTO MOLLO ALLA SPUTACCHINA 12 NACCHERE
PASTICCINI MARINI ASSORTITI 12 NACCHERE

BEVANDE

FRULLATO DI SCHIUMA ALLA SPUTACCHINA 5 NACCHERE
SUCCO DI STELLA MARINA 7 NACCHERE

– La nostra prima missione segreta è cominciata – decretò Bea, guardando di sottecchi Max Moscardino.

Zelda si sporse verso di lei. – Siamo la Squadra Anticrimine.

Mimi scosse il capo. – No, siamo solo tre sirenette qualunque che pranzano al ristorante.

– Mimi ha ragione. Come facciamo ad avvicinare Max Moscardino? – soggiunse Bea nervosamente. Max si cacciava in bocca grosse manciate di cibo, sparpagliando briciole dappertutto.

– Be', vado al suo tavolo e gli dico che mi piacciono i suoi baffi – buttò lì Zelda, alzandosi.

– Oooh! – fece Asso. – Sì, chiedigli dove se li è procurati.

– Non essere ridicola, Zelda – sibilò Bea, trattenendola.

– Ehi, aspetta – intervenne un sirenetto dal tavolo accanto. – Sei proprio tu, Zelda Sguizzisguazzi?

Bea si girò. La creatura davanti a lei era alta, con due occhi di un azzurro intenso e una corona di denti di squalo fra i capelli.

– Ma certo! Zelda Sguizzisguazzi in persona – ribadì lui, agitando le braccia al punto che i braccialetti intarsiati con forme di squalo gli scivolarono fino alle ascelle.

Zelda lo fissò interdetta.

– Sono Fred Moscardino, ti ricordi? Atleta di cockey d'acqua, della squadra dei Pesi Massimi di Cime Squalose. Mi hai scassato un dente l'anno scorso – disse, indicandosi la bocca.

– Ah! – ribatté Zelda mentre Bea restava a osservarli. – Fred!

Si abbracciarono con entusiasmo, rovesciando un vassoio addosso a Bea.

– Questa è la mia amica –. Zelda fece le presentazioni, mentre Bea si spazzolava i pezzi di cibo dalla coda. Notò che Fred indossava la maglietta della squadra con una bocca di squalo gigantesca che mordeva la C di Cime.

Fred le rivolse un sorriso scintillante.

– Oh, per mille capesante! – si lasciò scappare maldestra Bea, incapace di trattenersi. – Denti di squalo!

– Prego? – chiese Fred.

– Volevo dire... Wow, denti di squalo! Salve. Ciao. La tua maglietta ha... *ehm*... attirato la mia attenzione. Quei denti, io...

– E questa è Mimi, la mia gemella – la interruppe tempestivamente Zelda.

Bea divenne viola come la sua chioma, mentre Mimi si produceva in una riverenza.

Asso tossicchiò per richiamare l'attenzione.

– Ah, e questo è Asso – aggiunse Zelda controvoglia. – L'ippocampo parlante di Bea.

– Sono un miracolo della natura – si vantò Asso.

– Wow! Cosa fate di bello da queste parti? – chiese Fred. – E come avete fatto ad arrivare qui con tutti i piranha?

– Siamo venuti a parlare con Max Moscardino della scomparsa di Bella Merluzza – spiegò Mimi.

Bea le diede una gomitata. – Sei la segretezza fatta persona, Mimi.

– Be', ma perché non l'avete detto subito? – esclamò Fred schizzando via. – È mio padre. Ve lo presento!

– Cosa? Fred è il figlio di Max Moscardino? – bisbigliò Bea a Zelda, mentre si dirigevano esitanti verso il tavolo. – Tu non ci hai detto che conoscevi il figlio di Max Moscardino?

– Non lo sapevo! – replicò

Zelda. – Lo conosco appena. Ho giocato a cockey d'acqua un paio di volte insieme a lui. E gli ho fatto saltar via qualche dente, tutto qui.

Asso le superò con un guizzo per tuffarsi nei baffoni cespugliosi di Max Moscardino.

– Sono perfetto per i baffi, vero? – esclamò Asso. – E poi sono così caldi.

Max Moscardino si presentò a tutti, tranne che ad Asso, che era sparito da qualche parte sotto la coltre pelosa.

– Sono venuti fin qui per parlare della scomparsa di Bella Merluzza – spiegò Fred.

– Bella Merluzza? – ripeté Max, arricciandosi i mustacchi. – Ditemi una cosa prima. Come avete fatto ad arrivare da Spiralidor senza far scattare l'allarme fra i piranha?

Bea e Zelda si scambiarono un'occhiata. Mimi, del tutto incurante, si strafogava con entusiasmo di Cotolette di Canocchie.

– Be'… *Ehm…* – cominciò Bea.

– I piranha non sono in grado di localizzarci – rispose Mimi con la bocca piena. – Siamo state sulla terraferma a trascorrere un'estate con le gambe, quando Mor Billa ha fatto a tutti quel marchio sulle unghie –. Poi gli mostrò distratta la mano. – Le nostre con sopra i piranha sono finte.

Zelda le sganciò un colpo sulla coda sotto il tavolo.

Bea si prese la testa fra le mani. Tutti i loro segreti spiattellati così, come nacchere su un vassoio d'argento. Forse Max Moscardino era in combutta con Mor Billa e avrebbe catturato anche loro. Ne avrebbe fatto polpette di granchio. Si sentiva male.

– Ah, però – commentò Max Moscardino con gli occhi sgranati. Allungò la mano per servirsi un'altra porzione di polpette di granchio. – Allora siete solo voi e le sirene di Ostricville a poter circolare liberamente. Noi siamo bloccati. Mor Billa lascia fare tutto ciò che gli pare a quelli di Ostricville, mentre gli altri sono impegnati a mettere insieme corsetti di conchiglie. La città si sta arenando! – concluse, dando una manata sul tavolo che fece traballare piatti e bicchieri.

Sul ristorante calò il silenzio.

Si guardò il pugno avvilito. – E io non posso farci niente. Tranne stare nascosto in questo vecchio pescecane.

Ella fece capolino dalla cucina. – Questo pescecane è un ristorante a cinque stelle marine, caro mio. Vedi di non scordartelo.

Bea rilassò la coda contratta. Max Moscardino non sembrava coinvolto o, se lo era, recitava molto bene. Sicuramente, uno che aveva un figlio così simpatico come Fred non poteva avere brutte intenzioni...

– Noi viaggiamo sull'auto della sirena cattiva e porteremo la nostra missione fino in fondo – dichiarò Zelda ostentando sicurezza di sé. – Non c'è piranha nella laguna che ci possa fermare. Salveremo la laguna –. Bevve un sorso della sua bibita e... la sputò sul tavolo. – BLEAH! COSA C'È IN QUESTO FRULLATO DI SCHIUMA?

– Non è un frullato di schiuma, è crema di granchio – chiarì Fred.

Zelda trasalì.

– Hai incontrato Bella Merluzza il giorno in cui è scomparsa. Dov'è? – riprese Bea.

Max Moscardino fissò a fondo la sua crema di granchio, sul volto un'improvvisa inquietudine. I baffoni ora incorniciavano una smorfia triste. – Sì. È vero, ci siamo incontrati. Abbiamo pranzato proprio qui, per un'ora, poi lei si è diretta a Ostricville per incontrare Sara Saragon. E tutti i componenti della Consulta, una tappa dopo l'altra: Cime Squalose, Ostricville, Rocca Ancora e Aragostopoli.

Bea si appoggiò allo schienale per studiare meglio Max Moscardino. Sembrava dire la verità.

– L'abbiamo cercata dappertutto, a Cime Squalose – soggiunse Fred. – Tutte le volte che abbiamo avuto l'occasione di fare una capatina di nascosto fuori *Da Squalella*. Non c'è una sola sirena di qui che sia riuscita a trovarla.

– Cosa pensi che le sia capitato? – chiese Zelda.

Max Moscardino si guardò intorno con aria circospetta. – Voi ragazzine non sapete in che pasticcio vi state mettendo. Corre voce che ci sia di mezzo la magia, potente, antica, nera –. Mostrò le unghie con il simbolo dei piranha. – Certo, se i piranha non riescono a tracciare i vostri movimenti, forse avete una possibilità.

Continuava a giocherellare con i baffi, arricciando talmente quello sinistro che non ricordava più una pinna di pesce ma solo un groviglio di peli arruffati. Asso ne sgusciò fuori con l'espressione di uno che è stato in un frullatore.

– Tante grazie, eh!

– Il cavalluccio parla – bofonchiò esterrefatto Max Moscardino.

– Lo so – replicò Asso, fluttuando sulla spalla di Bea. – Sono un miracolo della natura.

– Che cosa sai del ra-pescamento di Bella Merluzza? – lo incalzò Bea.

– Stando a quello che ho sentito, è giunta a Ostricville e ha incontrato Sara Saragon – spiegò. – Doveva incontrare Grancevola a Rocca Ancora, ma Grancevola ha dichiarato di non averla mai vista arrivare all'appuntamento. Così mi hanno riferito i miei squali spia.

– Hai degli squali che fanno la spia? – domandò Bea.

– Abbiamo squali che fanno tutto. Qui siete dentro a uno squalo – disse Max facendo l'occhiolino. – Però non ho ancora capito chi sia il Cigno o perché a tutti quanti tocchi fare dei corsetti di conchiglie.

Bea annuì. – Confidiamo di trovare Bella Merluzza; ci penserà lei a sistemare tutto. Come sempre.

Max Moscardino si sporse verso Bea. Aprì una grossa mappa della laguna. – Bella Merluzza era qui – disse indicando Ostricville. – Poi è sparita.

Bea studiò attentamente la carta.

– Io dico che è stata Sara Saragon di Ostricville – bisbigliò Max Moscardino. – Quelli di Ostricville sono pappa e ciccia con Mor Billa. Hanno un trattamento speciale come se avesse un debito con loro. Sono le uniche sirene a non essere sotto il controllo dei piranha, possono fare tutto ciò che vogliono. Una è perfino venuta qui ieri a prendersi uno squaletto dicendo che ne avrebbe fatto una borsetta. Spero che le abbia divorato tutto il rossetto.

– E tu che cos'hai fatto di preciso il pomeriggio in cui Bella Merluzza è sparita? – lo interrogò Mimi.

– Ero qui – rispose Max, mentre Ella gli passava sotto i baffi una porzione aggiuntiva di Cotolette di Canocchie. – Vero, Ella?

– Eccome, tutto il giorno. È sempre qui.

Max Moscardino si sporse in avanti per invitare le sirenette alla massima riservatezza. – Il fatto è che sarebbe impossibile avvicinare Bella Merluzza. La sua carrozza reale tempestata di conchiglie è robusta, i delfini che la trainano sono delle guardie del corpo micidiali e la tengono d'occhio costantemente. Chiunque l'abbia ra-pescata, deve aver rinchiuso i delfini da qualche parte. In un posto sicuro, ovviamente. Molto sicuro.

– Ma, chiunque sia il colpevole, dove potrebbe nascondere Bella Merluzza, più i suoi delfini micidiali e un palazzo pullulante di sirene? – rifletté Bea a voce alta.

– Questa è la domanda delle domande – commentò Fred.

– Una cosa è certa – affermò Max. – Il giorno in cui Bella Merluzza è scomparsa era il giorno in cui si sarebbero dovute tenere le riunioni della Consulta, il che significa che i delfini non avrebbero lasciato avvicinare a Bella nessun altro se non le quattro sirene del consiglio.

– Quindi i sospetti si stringono intorno a loro! – dedusse Bea.

Max Moscardino assentì mentre Fred lanciava una copia di *Ondopolitan* a Bea attraverso il tavolo, una pagina con l'angolo ripiegato.

ONDOPOLITAN

Lampreda Ling, governatrice di Aragostopoli: la partita di cockey d'acqua protrattasi tutto il pomeriggio è stata un successo.

È STATO UN MATCH avvincente dall'inizio alla fine, ricco di colpi di scena, e ha dato la possibilità a Lampreda Ling di mettere in mostra i suoi colpi migliori. Alla fine del primo tempo, alle tre del pomeriggio, le Trote Tragiche si sono esibite nella loro hit *Giù, sempre più giù, nel mare dipinto di blu.* Lampreda Ling ha segnato centodue reti, un punteggio fantasmagorico nel primo tempo, e appena due punti nel secondo. Sfortunatamente la partita è stata eclissata dal triste evento del tardo pomeriggio: la scomparsa di Bella Merluzza.

– Allora possiamo escludere Lampreda Ling – osservò Fred. – Quando Bella Merluzza è sparita, stava giocando.

– E dovete escludere anche me – puntualizzò Max Moscardino. – Ero qui da Squalella.

Bea prese la rivista e se la infilò sotto la coda. – A questo punto i sospetti si stringono intorno a Sara Saragon e Grancevola. Facciamo subito una visitina a Sara per vedere se è andata all'appuntamento.

– Se l'ha fatto, lo capirai – disse Max Moscardino.

– E come? – mormorò Bea.

Max alzò il palmo grassoccio della mano rivelando un timbro a forma di conchiglia. Fece l'atto di sfregarlo. – Indelebile – spiegò. – Finché fai parte della Consulta, Bella Merluzza appone questo timbro al primo incontro ufficiale.

– Allora se Sara Saragon ha il timbro... – cominciò Bea.

– ...Significa che ha incontrato Bella Merluzza – concluse Max Moscardino, addentando l'ennesima cotoletta. – Ma Bella Merluzza avrà mai lasciato Ostricville? Mah!

16
Crimini e misfatti

Le sirene agitarono le mani in segno di saluto mentre i Moscardino, padre e figlio, si allontanavano tra le fauci del pescecane che ospitava il ristorante *Da Squalella*.

– Be', sono stati molto gentili – commentò Bea avvicinandosi alla Silurac 7.

Da una finestra vicina Bea scorse una sirena che si faceva un bagno di alghe, intonando una melodia che echeggiava per i viali deserti.

Bea si fermò di colpo con il cuore in gola. Aveva intravisto qualcosa dentro l'abitacolo della macchina. Una cosa a forma di sirena.

– Ehi – urlò schizzando verso l'auto.

– BEA! – la chiamarono Zelda e Mimi. – ASPETTA!

La macchina partì a tutta velocità, superando Bea con un sibilo. La sirena al volante aveva sugli occhi una mascherina di inchiostro di seppia, come un ladro di appartamento nel mondo degli umani.

– NOOO! – urlò a squarciagola Bea. – DEVI RESTITUIRCELA!

Pensò di nuotarle appresso ma non ce l'avrebbe mai fatta. La Vongo-Mobile era troppo veloce. Si voltò e guardò lo squalo con la sella legato fuori dal ristorante.

– BEA, COSA STAI FACENDO? –. Zelda provò a chiamarla, ma lei schizzò via sullo squalo, rimbalzando in sella come sopra una medusa gelatinosa.

– Yu-uuuh! – gridava con tutta le sue forze con la faccia di una che sembrava su un ottovolante mentre lo squalo filava di gran carriera. Provò a tirare le redini per frenare ma l'unico risultato che ottenne fu quello di mandare lo squalo a pancia in su. – Forza, oplà! – lo spronò. – Vai, bello!

La Vongo-Mobile aveva ormai un bel vantaggio.

– PRENDI LA VONGO-MOBILE! – si spolmonava Bea, tirando le redini troppo lunghe e lasche. Si abbassava e si tuffava di lato, un po' a casaccio, seguendo i movimenti dello squalo che superava gli ostacoli come un cavallo da corsa.

La Vongo-Mobile prese una curva stretta a destra ed entrò al volo in una finestra.

All'interno, si udì uno strillo. – PORTATE QUESTA MACCHINA FUORI DALLA MIA CUCINA!

Bea rotolò goffamente dentro con lo squalo.

– E ANCHE LO SQUALO! – urlò ancora più rabbiosa la padrona di casa.

Bea si sporse in avanti, riguadagnando finalmente l'equilibrio. Stava accorciando la distanza, anzi... le era quasi addosso. Non sapeva se avrebbe funzionato ma ordinò: – Mordila!

Lo squalo si lanciò in avanti e affondò i denti, famelico. La Vongo-Mobile balzò in avanti, sottraendosi all'attacco.

– ANCORA! – lo incitò Bea, chiudendo gli occhi per risparmiarsi la scena dello squalo che affondava i denti sulla macchina sottomarina.

Fece appena in tempo a vedere la ladra schizzare fuori dall'abitacolo e fuggire lungo il viale.

– SÌÌÌ! HO BATTUTO IL CRIMINE! – esultò Bea. Smontò di sella, gettando le redini sul dorso del suo destriero con una pacca affettuosa. – Oh, no – disse, fissando lo squalo che in fin dei conti anche lei aveva rubato. – Allora anch'io ho commesso un reato. Facciamo così: ti riporto dove ti ho preso, così siamo a posto.

Intanto Zelda e Mimi stavano puntando verso di lei dall'alto, le code fluttuanti. – Eccola! – gridò Mimi. – Laggiù, con la Vongo-Mobile!

Quando la raggiunsero, Bea notò che Asso aveva un fiatone da paura.

– Non. Farlo. Mai. Più. Tu sei. Tutto per me. Bea.

Lei lo prese delicatamente dalla spalla di Mimi e sfregò il naso contro il suo.

– Che eroina – commentò Zelda, dandole dei pugnetti scherzosi.

Bea legò lo squalo alla macchina e saltò a bordo, tenendo stretto il volante, con le dita che avevano impresso il simbolo dei piranha. – A Ostricville! – disse.

Ma nessuna si era accorta di cosa fosse successo all'auto durante quella corsa pazza fra colpi e scossoni. La vernice si era sfogliata da un lato, rivelando sotto il sandwich il numero 7 della Silurac.

ONDOPOLITAN

SARA SARAGON

SARA SARAGON è stata scelta come governatrice di Ostricville, il quartiere dei castelli di sabbia noto per aver dato i natali ad alcune delle più sofisticate e antipatiche sirene della laguna.

NOME: Sara Saragon.
A CAPO DI:
Ostricville.
SEGNI PARTICOLARI:
i suoi costosi ed elaborati copricapi ad alveare. Non può stare senza.
LUOGO PREFERITO:
Tagli e Riccioli. Ha un servizio drive-in se si va di fretta. Il trattamento di quattro ore "Scossa di Murena" per una permanente impeccabile dà un volume fantastico a ogni tipo di capello.
SUGGERIMENTO NUMERO UNO:
«Se non siete i migliori in tutto girate alla larga da Ostricville.»
FRASE PREFERITA:
«Sloggia dal mio prato di alghe, sciocca lumaca di mare!» (Ostricville sta attualmente affrontando un'invasione di lumache davvero fastidiosa.)

17

L'incredibile Mor Show

L'auto ripercorse la via del ritorno a tutta velocità attraverso la Foresta di Alghe, e in men che non si dica il

paesaggio mutò, lasciando spazio a vaste zone di acqua torbida, a piccoli tratti di barriera corallina e alle magnifiche guglie di Spiralidor. Per entrare in città dovevano prendere il Tunnel di Cristallo di Ostricville.

La città era circondata da imponenti mura di cristallo che si arrampicavano sulla parete di roccia che sconfinava su nel mondo degli esseri umani. Era come una fortezza, ben distinta dalle altre aree della Laguna Segreta.

L'entrata del tunnel era di fianco all'hotel più grande e sontuoso di tutta Spiralidor, la *Regina delle Conchiglie.* Era di cristallo, sormontato da un cartello di madreperla:

DIREZIONE OSTRICVILLE. Bea parcheggiò dietro una siepe di corallo tutta scolpita, e le tre smontarono sbirciando attraverso le fessure.

– C'è qualcosa in ballo – disse Zelda.

Una lunga fila di auto, Vongo-Mobili e Polpo-Mobili, stava attraversando il tunnel di Ostricville in direzione città. A bordo, le sirene del posto dagli orrendi cappelli vociavano concitatamente, con borse enormi e cestini di conchiglie stracolmi di leccornie.

– Hanno saccheggiato Spiralidor! – si indignò Bea. – Sono state autorizzate da Mor Billa, che indecenza!

All'improvviso, a metà della fila di macchine, un polpo s'imbizzarrì in un vorticare di tentacoli, disarcionando il suo cavaliere e facendolo finire contro una sirena carica di volantini che si sparpagliarono dappertutto. Bea infilò la mano sotto la siepe di corallo e ne prese uno.

LA SEPPIA SCRIBACCHINA

Venghino, signore e signori, venghino!

Portate le vostre favolose pinne al MOR SHOW!
Un tributo alla nostra regnante che
non potrà presenziare a causa dei suoi doveri
di Capitana dell'Esercito Piranha.

Lo spettacolo prevede musica e danze,
nonché migliaia di creature marine in maschera,
tutte travestite da Mor per un effetto
stupefacente o terrificante. Il risultato
lo vedremo con i nostri occhi.

L'invito è riservato alle sirene di Ostricville. Le altre
possono starsene a casa a rodersi d'invidia.

– Faremo una capatina di nascosto a Ostricville mentre tutti sono al Mor Show. E ovviamente entreremo a casa di Sara Saragon per un bel giro di ricognizione – annunciò Bea, con un sorrisetto furbo.

– SANDWICH! SETTE! SANDWICH! SETTE! – urlacchiava Asso.

Le tre si girarono di colpo.

– Vorrei che ci fosse un pulsante per spegnerlo – gemette Zelda.

Asso si divertiva a rimbalzare contro la carrozzeria con una serie di *tin-tin*, proprio nel punto in cui la vernice stava saltando via, con effetti disastrosi.

– Oh, no! – esclamò Bea, cercando di non cedere al panico. – Il piranha dentro al sandwich si è cancellato, adesso si vede il 7!

– Con tutta probabilità ci saranno decine di migliaia di Silurac 7 a Ostricville – la tranquillizzò Zelda. – Nessuno la noterà!

– Questo è ciò che speri tu! – commentò Mimi.

– D'accordo – disse Bea, riflettendo febbrilmente sul da farsi. – Nasconderemo la macchina in una strada secondaria di Ostricville, vicino all'entrata del tunnel, e proseguiremo a nuoto fino a casa di Sara Saragon. È più sicuro. Non possiamo parcheggiare proprio davanti a casa sua l'auto che le abbiamo rubato – concluse, appiccicando il volantino sopra il 7 con una manata. – Ecco, magari così riusciamo a coprirlo.

Fuori dal Tunnel di Cristallo, Bea prese una curva stretta a sinistra infilando un vicolo buio nei pressi del Globe Theatre di Ostricville.

– Darò una sbirciata al Mor Show – dichiarò Zelda, catapultandosi fuori verso l'entrata laterale del teatro sotto lo sguardo inorridito di Bea.

– No, dai! – sospirò Bea fiondandosi a riprenderla. – Auguriamoci solo che non prema altri pulsanti.

Mimi seguì Bea senza dire nulla.

Il Teatro era perfettamente circolare, con un imponente sipario di conchiglie e file di sedili (in platea e galleria) tempestati di perle.

– A quanto pare, lo spettacolo sta per avere inizio – bisbigliò Zelda emozionata. – Scommetto che sarà tremendo.

Si rannicchiarono una vicina all'altra sotto una fila di posti occupati dalle sirene di Ostricville.

Le luci si spensero gradualmente.

Il pubblico tacque. Sulla platea calò un silenzio pieno di aspettativa.

– Mi annoio di già – fece Asso sottovoce.

Su palco irruppe una schiera di pesci palla con dei cappelli alla Mor, che si produssero in una serie di spettacolari salti acrobatici.

– Andiamo – le ammonì Bea, guardandosi in giro.

Erano nascoste, ma una sirena con un buon binocolo avrebbe tranquillamente potuto scorgerle dal lato opposto della sala. E molte avevano dei binocoli di conchiglie calibrati per vedere i minuscoli vermi di mare che ballavano il tip-tap.

– Ancora un minuto – replicò Zelda. – Si sta facendo troppo interessante!

– Veramente? – si stupì Asso mentre sul palco esplodeva una stella marina e una miriade di piccoli gamberi si riversava sulla scena in una coreografia alquanto discutibile.

– Notevoli, i gamberi – commentò Mimi, mentre una

balena con cappello si abbatteva sui poveracci. – E ora persino spiaccicati! – soggiunse mentre il pubblico applaudiva a disagio, incerto se fosse la fine dello spettacolo oppure uno sfortunato incidente.

Dalla fossa dell'orchestra si levò una melodia, in un sinistro crescendo, attimo dopo attimo, con un effetto sempre più spaventoso.

Bea fu percorsa da brivido e scoccò un'occhiataccia a Zelda.

– Va bene, va bene – mormorò quest'ultima mentre se la filavano alla chetichella.

– Allora, – disse Bea ostentando un sorrisetto – secondo l'agenda, Bella Merluzza doveva incontrare Sara Saragon in via Triglia Tronfia. Dev'essere il suo indirizzo.

– A che numero? – chiese Asso.

– Uno – rispose Mimi.

– Ma certo! – s'illuminò Bea. – Il numero uno, il top! Come ho fatto a non pensarci?

Lasciandosi alle spalle il Globe Theatre, le amiche si avviarono lungo la strada. Girarono l'angolo e finalmente avvistarono ciò che cercavano. L'insegna di Via Triglia Tronfia, con i suoi caratteri fosforescenti, non poteva passare inosservata.

– Sarà un gioco da pupazzi – commentò Zelda abbracciando Bea da un lato e Mimi dall'altro, mentre si dirigevano verso il castello di sabbia più maestoso.

– Un. Gioco. Da. Ragazzi – la corresse Bea.

Ma le tre amiche non erano sole.

18

Castelli di sabbia

Bea si guardò intorno e si lasciò sfuggire un: – Wow! –. La via era stipata di castelli di sabbia imponenti, con finestre ed elaborate recinzioni in cristallo, prati di alghe all'inglese disseminati di piccoli vasi di fiori di mare.

Le tre sirenette fluttuarono fin sulla soglia del numero uno. La porta in sé non era proprio una porta, bensì una gigantesca finta bocca di pesce tempestata di cristalli.

Asso ci pensò su per qualche attimo. – Un filo esagerata – decretò. Bea si accostò ai labbroni e provò a tastarli. Erano solidi ma non parevano fissi. – Credo sia aperto. C'è spazio sufficiente per intrufolarsi dentro – bisbigliò, infilando un braccio all'interno.

Dopo aver attraversato la bocca, presero un lungo

corridoio con le pareti punteggiate di decorazioni in cristallo e ninnoli di perle. Era come strisciare dentro uno scrigno traboccante di ricchezze.

Bea sussultava a ogni gocciolio, ogni minimo scricchiolio o allo sfarinare della sabbia.

– Questo posto promette bene – osservò Zelda, facendo capolino da un possente arco. Erano in una biblioteca piena zeppa di libri.

Bea fece il giro della stanza. C'era odore di alghe caramellate e di sabbia umida, e il suo istinto di sirena le diceva che stavano per scoprire qualcosa di importante. Prese a rovistare fra cassetti di cristallo e fogli di alghe fitti di annotazioni, in cerca di qualcosa di anomalo che riguardasse Bella Merluzza. Ma niente. Solo scontrini relativi all'acquisto di conchiglie, o ricevute delle messe in piega fatte da *Tagli e Riccioli*.

Zelda sfogliò rapidamente l'ultima uscita di *Ondopolitan*.

– Guardate, c'è un articolo con un approfondimento sui membri della Consulta, con i loro profili. Potrebbe tornare utile – disse, cacciandoselo nella tasca interna del corpetto.

– APRITI, BOCCA DI PESCE! – si udì.

Bea si voltò di scatto con gli occhi sbarrati.

– Ma è la voce di Cameron Saragon – disse in un soffio, mentre Zelda e Mimi si diedero alla fuga nuotando all'impazzata, con il risultato di andare a sbattere l'una contro l'altra. Il cassetto di cristallo che Mimi aveva estratto le scivolò di mano e Bea si tuffò per raccoglierlo al volo. Rimediò una bella spanciata, ma riuscì ad agganciarlo con il mignolo un attimo prima che rovinasse a terra. Tirò un sospiro di sollievo.

– Ben fatto! – commentò Asso sedendosi sul bordo del cassetto; il piccolo ippocampo pesava poco, ma quel tanto che bastava per farlo oscillare e, prima che Bea potesse reagire, cadere a terra con un *ting*.

– VI HO SENTITE! – berciò Cameron.

Bea chiuse gli occhi per non vedere cosa sarebbe successo di lì a poco. Sentiva Asso che le sussurrava a raffica nell'orecchio: – Scusascusascusascusa.

Lo afferrò e se lo infilò sotto l'ascella. Una cosa che lui odiava.

– SO CHE SIETE QUI! – strepitava Cameron Saragon. – E SO CHE SIETE STATE VOI A RUBARE LA NOSTRA VONGO-MOBILE, L'HO RITROVATA DI FIANCO AL

TEATRO. TUTTA VERNICIATA CON ORRIBILI DISEGNI! PUAH, È ROVINATA!

– Adesso che si fa? – chiese Zelda con un filo di voce.

Bea si portò l'indice sulle labbra. Sentiva la coda grattare a terra lungo il corridoio e avvicinarsi sempre di più.

Zelda stava cercando di forzare una finestra, ma non c'era verso che si aprisse.

– VENITE FUORI! IMMEDIATAMENTE! – intimò Cameron Saragon. L'urlo fece tremare il castello e sfarinare le pareti. Le tre sirene uscirono allo scoperto senza opporre resistenza.

Asso sgusciò fuori da sotto l'ascella di Bea, sputacchiando, mentre lei osava aprire gli occhi appena appena per scrutare l'atrio. Cameron Saragon era preceduta dal fruscio della sua lunga coda, avvolta in una sorta di pizzo di alghe, un po' come lo strascico di un vestito da sposa umano.

– Nascondetevi – sibilò Bea, mentre le gemelle si dileguavano.

Colto dal panico, Asso le si avviluppò intorno al lobo dell'orecchio nascondendovisi dentro.

– AHIO, ASSO! – gemette.

– Un nascondiglio perfetto – insistette lui. – Penserà solo che porti degli orecchini orribili.

Bea si girò verso le altre. – Dobbiamo cercare di superarla e uscire dalla bocca di pesce.

Mimi e Zelda si mostrarono esitanti.

– Pronte? – prese a dire Bea, pur non essendo sicura neppure lei che fosse una buona idea. – ORA!

Le tre attraversarono l'atrio sfrecciando come saette.

– EHI! AL LADRO! – schiumò di rabbia Cameron Saragon quando le vide sollevarsi e schizzarle sopra la testa, reggendosi al bordo del soffitto di sabbia.

Zelda e Mimi si lanciarono verso la bocca di pesce e vi sparirono dentro. Bea chiuse gli occhi e le imitò, ma le labbra rimasero praticamente chiuse! Allora usò le dita come artigli; riuscì a infilarsi fino alla coda… e le vide.

Sirene di Ostricville.

A centinaia.

19
L'alibi di Sara Saragon

Bea cercò di liberare con uno strattone la coda dalla bocca di pesce, evitando di attirare l'attenzione generale. Ma non c'era verso. Era incastrata. La moltitudine di sirene di Ostricville la fissava, sbattendo sul prato le code agghindate con perfetta sincronia.

Cameron, venuta giù a scivolo da una delle torrette, misurava l'entrata avanti e indietro davanti a loro. – LE HO CATTURATE, NO?

– PIANTALA DI STRILLARE, CAMERON! – gridò Sara Saragon. Le due si voltarono verso Bea, con lo stesso sorrisetto stampato in faccia. I capelli neri di Sara Saragon erano legati in due trecce rigide intrecciate in cima alla testa. Le unghie, lunghe quanto artigli di coccodrillo, recavano una perla ciascuna a mo' di ornamento. Senza dire nulla, la sirena prese a estenderne una. Allungata per intero, misurava quanto la coda di Bea.

– C-Cosa ci fai con quella? – chiese Zelda arretrando e andando a sbattere contro la faccia di Bea.

– Liberatemi! – bofonchiò lei, con il viso affondato nei capelli dell'amica.

Zelda si girò per aiutarla ma Sara Saragon schioccò le dita frapponendo tra loro un artiglio spaventosamente lungo, costringendo così Zelda a farsi avanti.

– Ah ah ah, certo che no!

Le sirene di Ostricville scoppiarono in un applauso, tirarono fuori gli artigli e piombarono minacciose su di loro.

– Non penserete mica di farla franca, dopo tutto quello che avete combinato! – le minacciò Cameron con una smorfia sprezzante. – Rubare la nostra auto, rovinarla e poi intrufolarvi qui senza permesso. Siete pazze!

Intanto su di loro incombeva ondeggiando Sara Saragon. – E come avete fatto ad arrivare a Ostricville senza che i piranha vi catturassero?

– Che cosa ne avete fatto di Bella Merluzza? – domandò risoluta Bea.

– Oh, quel pesce palla. In che senso "cosa ne ho fatto di lei"? Ha lasciato la laguna! – ridacchiò Sara passandosi un dito sull'artiglio per valutarne l'affilatura.

Bea intravide il palmo della sua mano. Aveva il timbro della Consulta.

– Allora ti sei vista davvero con Bella Merluzza il giorno della sua scomparsa? – la sfidò Bea. – È stata qui.

Sara Saragon arricciò il naso. – Sì, abbiamo avuto una riunione. Ma poi le ho dato della "vecchia carpa", e così è partita alla volta di Rocca Ancora per andare all'appuntamento con Grancevola, che è una viscida murena insignificante!

– E poi? – la incalzò Bea sotto lo sguardo stupefatto delle altre sirene di Ostricville. – Poi, cos'hai fatto?

– Dove vuoi arrivare con tutte queste domande? – ribatté Cameron.

Sara Saragon le scoccò un'occhiataccia. – Le altre sirene sono sempre curiose di sapere ciò che facciamo noi, pesciolina mia, perché noi di Ostricville siamo affascinanti. E loro noiose.

– Esatto – disse Bea. – Ecco perché l'ho chiesto.

– Be', ero da *Tagli e Riccioli* – la interruppe vanitosa Sara Saragon. – Ci sono andata subito dopo per una bella chiacchieratona con Mor Billa, sai, la nuova Capitana dell'Esercito Piranha, che vive a Palazzo. Un personaggio importante. Siamo amiche, tra parentesi. Ha preso l'appuntamento per me ed è venuta anche lei.

– Tu e Mor? – disse Bea.

– Sì – rispose secca Sara Saragon. – Mor e io. Messa in piega. Da *Tagli e Riccioli.*

Puntò il suo lungo artiglio su Bea. – Visto? – disse rivolta a Cameron. – Guarda, pende dalle nostre labbra.

– Non pende dalle vostre labbra, è che le cala la palpebra dalla noia! – commentò Mimi con voce piatta.

– Allora... – fece Sara Saragon insinuandosi tra la folla verso Zelda, che indietreggiava sempre più. – Adesso dobbiamo avvertire Mor. Sarà molto curiosa di conoscere queste bislacche sirenette semina-piranha –. Afferrò la mano di Bea per esaminare le unghie. – Strano. Il simbolo ce l'hanno.

20

La sirena misteriosa

Lontano, nei Regni di Sopra, Belinda Shelton galleggiava nei pressi di uno scoglio tutto ricoperto di incisioni raffiguranti dei coccodrilli. Scribacchiava su un grosso bloc notes di alghe.

– SARAI IL MIO PROSSIMO CAPPELLO! – sentì urlare.

Belinda Shelton alzò la testa con gli occhi sgranati. A poca distanza, nuotava una sirena. E sbraitava contro un'aragosta. A proposito di cappelli: la sirena portava una veletta che le celava completamente il volto e una specie di corazza di conchiglie sulla coda, con un piccolo piranha grasso al guinzaglio. Sembrava un po' strabico mentre veniva trascinato bruscamente sugli scogli.

– SALVE! – la salutò a gran voce Belinda Shelton.

La sirena si girò.

– Non ci posso credere... – mormorò Belinda restando senza fiato e coprendosi gli occhi. – Ma è impossibile!

La sirena portava un guscio di conchiglia per schermarsi dal sole, e il guscio scintillante proiettava sulle rocce dei motivi con i coccodrilli, uguali a quelli incisi sugli scogli.

Belinda Shelton li fissò e ne restò abbagliata. Fu colta da vertigini, arretrò incespicando e si aggrappò a una roccia per ritrovare l'equilibrio.

– Le Corsare! – strillò sconvolta. – Sono tornate!

21
Bocca di pesce

Bea era ancora incastrata nei labbroni e cominciava a dare segni di cedimento. Non era un'eroina, era solo una sirena. Una sirena incastrata nel cancello più elaborato e assurdo del mondo.

La risata isterica di Cameron Saragon riecheggiava per Via Triglia Tronfia, facendo sfarinare sabbia dalle pareti del castello.

Zelda afferrò Bea per le braccia tentando affannosamente di liberarla.

– Poverine, non hanno scampo! – le schernì Sara Saragon suscitando le risatine della folla.

– FORZA! – gridò Bea, tirando disperatamente la coda. Ma la bocca non voleva saperne di aprirsi. La sua testa era tutto un mulinare di pensieri. Doveva distrarre le sirene di Ostricville in modo che Zelda e Mimi potessero aiutarla a disincastrarsi. Ma cosa poteva distrarre una sirena di Ostric… – AVETE VISTO IL MIO NUOVO ORECCHINO? – urlò forte Bea prima ancora di completare il pensiero e le sirene tacquero all'istante.

– Orecchino? – domandò Sara Saragon, palesemente incuriosita.

– Vuoi farmi il piacere di dirmi cosa ti sei messa in testa di fare? – le sibilò Asso.

– Dacci dentro – gli rispose Bea con un bisbiglio appena percepibile. – Aspetta che ce ne siamo andate, e poi fai ciò che ti viene meglio.

– Ebbene sì! Se vuoi saperlo, è il solo orecchino parlante di tutta la laguna – annunciò Bea un attimo dopo.

– Oooh, un accessorio! – cinguettarono raddolcite le sirene di Ostricville, ritraendo gli artigli mentre si avvicinavano interessate.

– Come un paio di orecchini, solo che è uno solo – osservò una sirena allungando una mano per toccarlo. – Ho visto cavallucci marini usati come anelli per il naso ma mai così…

Cameron Saragon sfilò Asso dall'orecchio di Bea e lo fissò incantata.

– Ciao – disse lui controvoglia.

Cameron prese a saltare fra le risatine isteriche. – PARLA DAVVERO!

Mimi si mosse lentamente all'indietro. Bea vide Zelda fare un cenno a Mimi.

– ADESSO! – gridò Zelda, lanciandosi verso Bea, mentre la sua gemella si girava e con disinvoltura colpiva i labbroni con una mossa di ping fu.

L'intero castello crollò in un'esplosione di sabbia.

– Sarà anche un po' originale, ma la mia gemella è capace di buttar giù un castello tutte le volte che vuole!

– IL MIO CASTELLO DI SABBIA! – piagnucolò Sara Saragon, mentre Asso le sfuggiva di mano cadendo in mezzo alla folla.

– MIO!

– NO, MIO!

– DAMMI L'ORECCHINO PARLANTE!

Le sirene strillavano di rabbia cercando furiosamente di afferrare Asso.

Bea si dileguò rapida con le altre lungo la strada. Si

voltò un attimo. Una Cameron fuori di sé cercava di sgusciare dalla folla traboccante di sirene che strepitavano contendendosi l'orecchino.

– SE LA STANNO FILANDO! – sbraitava. – SE LA STANNO FILANDO!

– Ce l'abbiamo fatta! – constatò Zelda mentre tutte e tre montavano a bordo della Vongo-Mobile per dirigersi verso una caletta.

– LA VONGO-MOBILE ERA QUI, MA ORA È SPARITA! – udirono urlare Cameron. Una torma di sirene di Ostricville le superò in volata per infilarsi nel tunnel.

– Credono che ce la siamo

squagliata – commentò Bea, mentre con la coda dell'occhio vide Asso galleggiare di fianco al finestrino, con gli occhi ridotti a fessure per la rabbia.

Bea aprì la portiera per lasciarlo entrare. – Sono mortificata, Asso. Non avevamo scelta.

Asso si ritirò nei suoi appartamenti. – STO DA SOLO PER UN PO' – disse, sollevando la parte superiore della dentiera per poi sbatterla con forza alle sue spalle.

In preda all'imbarazzo, Bea ci batté sopra un paio di colpetti affettuosi. – Grazie, Asso.

– Facciamo un salto da *Tagli e Riccioli* già che siamo qui, mentre quelle ci danno la caccia là fuori – propose Zelda. – Dobbiamo verificare l'alibi di Sara Saragon.

22
Tagli e Riccioli, parrucchiere

Fra sobbalzi e scossoni, la Vongo-Mobile s'infilò nel drive-in del salone e si arrestò di botto davanti a una delle vetrate.

– Forbi Gina, per servirvi. La migliore parrucchiera della Laguna Segreta, vincitrice del premio Paguro Style. Cosa posso fare per voi oggi?

Sulla massa di ricci aveva un velo di granelli di sabbia luccicanti su cui spiccavano delle stelle marine.

Le tre la fissarono interdette.

– Avete un appuntamento? – chiese spazientita.

– Eh, no – disse Zelda, sporgendosi dal finestrino. – Ma ne vorremmo uno.

Prima ancora che Bea si rendesse conto di ciò che stava

accadendo, il tetto della macchina si aprì di scatto e una schiera di granchi dall'incredibile efficienza prese a spuntare loro le chiome mandando capelli dappertutto.

– Non vi ho mai visto da queste parti – commentò Gina. – Avete sempre abitato a Ostricville?

Mimi fece per scuotere la testa, ma Bea la fermò con una tirata di trecce. – Potresti fare qualcosa per personalizzare le mie trecce? E, sì, abbiamo sempre vissuto qui – rispose tirando di nuovo le trecce per far dire di sì a Mimi.

– Io sono a posto, grazie – disse Zelda abbassandosi per schivare la strana varietà di pesci che galleggiavano intorno alle loro teste.

– Bene, oggi proponiamo un servizio davvero speciale, Maltagliati a piacere – rispose la sirena indicando il listino appeso alla parete.

– *Ehm...* – rispose Bea con un sospiro di sollievo. La sirena ci era cascata e le aveva prese per delle abitanti del posto. – Io mi farò un Ricciolo di Rombo.

Dall'alto calò un grosso, grasso rombo che prese ad armeggiare intorno a Bea.

– Niente per me – ribadì Zelda, scacciando un pesce con la mano. – Lascia stare i miei capelli.

Tagli e riccioli

Tagli speciali al volo

Cotonato alla pesce palla - 12 nacchere

Trattamento alla piastra effetto sogliola - 12 nacchere

Tinta effetto pesce arcobaleno - 25 nacchere

Permanente da scossa elettrica
con torpedine - 19 nacchere

Boccoli con ricci di mare - 12 nacchere

(Nota bene: accesso vietato alle clienti
a bordo di balena per motivi di sicurezza)

Mimi si soffermò un attimo a riflettere sulla scelta, mentre il grosso grasso rombo allungava i capelli di Bea oltre ogni possibile immaginazione per poi avvolgerli con fissaggio istantaneo in un unico, gigantesco mega-ricciolo che le torreggiava in testa, con un effetto monumentale che non le si addiceva per niente.

– Niente piega per me – fece Mimi alla fine.

– Vi odio tutte e due – bisbigliò Bea, mentre una medusa le si affaccendava intorno con uno specchio.

– E il bello è che… – soggiunse Gina con voce mielosa – DURERÀ PER GIORNI! –. E fece per richiudere il tettuccio della macchina.

– Aspetta – la bloccò Bea. – Sara Saragon ci ha detto che è stata qui il giorno in cui Bella Merluzza è stata ra-pescata.

La sirena annuì. – Certo, Sara è una cliente fissa. La nostra cliente più famosa. E ovviamente viene da me. Sono la migliore.

– E quel giorno hai visto anche Bella Merluzza? – chiese Zelda.

– Come no? Ero sulla porta per dare il benvenuto a Sara Saragon, e io e Mor l'abbiamo vista in fondo alla strada. Ha preso la galleria. Con uno sguardo torvo da paura.

– Ah, davvero… – mormorò Bea. – Allora Sara Saragon diceva la verità.

– A quanto pare Sara Saragon l'ha chiamata "vecchia carpa" – soggiunse Gina con una scrollata di spalle.

– Hanno fatto la loro riunione, dopodiché Sara Saragon è venuta qui – meditava a voce alta Bea. – E per quanto è rimasta? – chiese ancora mentre Zelda giocherellava con il suo ricciolone.

– Be'… Vediamo – rispose Gina sfogliando l'agenda sul bancone. – Ha fatto il nostro trattamento esclusivo, permanente da scossa elettrica con torpedine. Dura quattro ore.

– Quattro ore – ripeté Bea.

– Sì, quattro – ribadì Gina.

– E Mor?

– Lei ha fatto un restyling, insomma, una cosetta più breve con un taglio corto corto maschile – spiegò la parrucchiera. – Una mezz'ora e via. Che gentile è stata a prendere l'appuntamento anche per Sara! Le sirene delle altre città dicono che è malvagia per via dei piranha e per aver limitato la loro libertà di circolazione, mentre a noi lascia fare quello che vogliamo. Ma è solo perché siamo le migliori! E poi, vi pare che una sirena cattiva prenoterebbe un trattamento dal parrucchiere per un'amica? Direi di no.

Bea lasciò vagare lo sguardo attraverso il salone, con i pensieri in fermento. – Allora Sara Saragon ha passato tutto il pomeriggio dal parrucchiere. In quel momento scorse un poster sul muro in fondo.

– A posto così? – le giunse come da lontano l'eco della voce di Gina. Gli occhi di Bea erano fissi sul poster.

Tagli e Riccioli: *il parrucchiere ufficiale*
della Sfilata delle Sogliole
ogni giorno alle 18.30!

All'improvviso le tornò in mente quello che aveva detto Cozza Caccola il giorno in cui Bella Merluzza era sparita.

Cozza doveva portare delle conchiglie a Sara Saragon. Ed era seccata perché era stata costretta ad andarci di sera quando in Tv c'era il suo show preferito, *La Sfilata delle Sogliole*.

Bea si girò verso le amiche. – Sara Saragon è stata qui tutto il pomeriggio e poi con Cozza Caccola la sera. Non avrebbe potuto in alcun modo rapire Bella Merluzza.

– Max Moscardino ha un alibi per tutto il pomeriggio, era *Da Squalella*. E pure Lampreda Ling stava disputando una partita di cockey d'acqua, e Sara Saragon era dal parrucchiere – disse Mimi elencando tutti gli alibi.

– Be', quand'è così, – concluse Zelda – non resta che Grancevola.

23
Ehm...

Bea mise in moto la Silurac 7 e partì a tutta velocità in direzione di Rocca Ancora.

A quanto sembrava, era l'ultimo posto in cui avevano una speranza di scoprire la verità, ma Bea non riusciva a liberarsi della sensazione che qualcosa non tornasse del tutto.

Asso fissava la nuova acconciatura di Bea. – Posso sistemartela, Bea. Ho solo bisogno di un granchio, di un paio di sassi e di un qualcosa di molto ma mooolto elastico.

– Scommetto che a Rocca Ancora troveremo i nostri genitori – disse Zelda, dando una gomitata di incoraggiamento a Mimi.

– Speriamo ancora vivi – soggiunse quest'ultima.

Zelda si lasciò cadere sul sedile con un sospiro. – Uh, come ti viene in mente di dire una cosa del genere? Ma lo sai che certe volte sei proprio una rottura di pinne? Sì sì, una rottura di pinne bella e buona!

Un granchio del parrucchiere, salito di nascosto sul sedile posteriore, le pinzò una molletta sulla coda.

– Ahio! – urlò ancora Zelda. – UNA ROTTURA DI PINNE SUL SERIO! Ahia, che male alla coda!

ONDOPOLITAN

GRANCEVOLA

NOME: Grancevola.
A CAPO DI:
Rocca Ancora.
SEGNI PARTICOLARI:
la spilla speciale a forma di uccello.
LUOGO PREFERITO:
il suo yacht, specialmente il ponte, dove pratica il ping fu.
SUGGERIMENTO NUMERO UNO:
«Non perdetevi la dimora di Maribel, la maestra di ping fu, dove potrete sorseggiare una bella tisana di schiuma calda e incontrare la Maestra in persona.»
FRASE PREFERITA:
«E questa è la verità.»

GRANCEVOLA è stata scelta per governare Rocca Ancora, la regione più misteriosa della laguna. Dedita alla disciplina del ping fu, è il governatore della Consulta di cui sappiamo meno.

24
E via verso Rocca Ancora

Di tutte le vie che si potevano percorrere nella Laguna Segreta, quella per Rocca Ancora era la più essenziale e la più diretta. Niente autostrada lastricata di conchiglie come quella che collegava Spiralidor ad Aragostopoli, né Tunnel di Cristallo o Foresta di Alghe, solo una corrente di acqua trasparente lungo un canyon profondo e deserto. Tuttavia, pochissime sirene di Spiralidor o di qualsiasi altra regione della laguna avevano mai scelto come meta dei loro spostamenti Rocca Ancora. Era un luogo piuttosto freddo, con sirene che ti dicevano chiaro e tondo ciò che pensavano, e voci di cui si osava a malapena mormorare, anche nella ristretta cerchia di chi le conosceva. Compresa quella della sirena che lanciava maledizioni a chi mormorava.

Sulla sinistra, Bea intravedeva appena le grotte nella roccia e la prua spettrale del *Totanic*, con frotte di meduse che nuotavano tutt'intorno. Nessuna sirena di Spiralidor si era mai avventurata da quelle parti prima di allora. Certo, una volta la mamma di Bea ci era arrivata molto vicino, ma poi aveva incontrato Asso e si era distratta.

Bea tirò la leva sopra la propria testa, e subito la Vongo-Mobile schizzò a tutta velocità attraverso le elaborate porte della città, oltre il cartello di ROCCA ANCORA che recava sulla sommità l'ancora da cui prendeva il nome il luogo. Un tempo l'ancora era appartenuta al *Totanic*, o così Bea aveva sentito dire. Oltre il cartello si estendeva un'arteria in acciaio di smisurata lunghezza, il Viale delle Ancore, costeggiata da alberi di corallo. Poco distanti giacevano vecchi container e relitti di piccole imbarcazioni, ripescati dagli abissi dalle sirene che avevano osato viaggiare nel Regno di Sopra.

Una sirena elegantemente vestita con una coda cangiante le superò su una bicicletta vecchia e storta trainata da una murena con un panciotto di conchiglie. Alla vista di una pattuglia di piranha in arrivo, si abbassò fra due antiche imbarcazioni in legno.

– Eccolo, credo – dichiarò Bea, indicando un grosso yacht in lontananza. – E quella dev'essere lei.

Una sirena con una chioma d'argento acconciata in una treccia sopra la testa fluttuava a tribordo con sguardo truce.

Zelda estrasse la copia di *Ondopolitan* che aveva preso al castello di sabbia di Sara Saragon. – È lei! E guardate – aggiunse, battendo l'indice sulla minuscola spilla nella fotografia, un cigno.

Mimi e Bea si fissarono attonite.

– Un cigno! – gridò Zelda. – È la prova.

– Zelda – scandì lentamente Bea, osservando la rivista. – Quello è uno struzzo.

– Ah, già – confermò Zelda, studiando la foto più da vicino. – C'è differenza?

Asso fece capolino dalla dentiera. – Non posso credere che leggiate quella copia quando c'è un numero più recente incastrato da ore nel finestrino posteriore.

– COSA? – strillò Bea schizzando fuori dall'auto per afferrare al volo la rivista.

ONDOPOLITAN

BELINDA SHELTON ALLA RICERCA DEL REGNO DEI COCCODRILLI NEL REGNO DI SOPRA N. 5 FA LA SUA SCOPERTA PIÙ INCREDIBILE

Nelle profondità del Regno di Sopra n. 5 ci sono incredibili meraviglie, ancora tutte da scoprire. E poi c'è l'occhio di palude, una rara infezione pruriginosa dell'occhio che mi sono beccata.

In questa zona l'acqua è torbida, e i coccodrilli non sono così terribili. In fondo a uno dei canyon, ho scoperto un arco di roccia tempestato di conchiglie, ma non ho potuto avvicinarmi. Sono stata accerchiata dai coccodrilli che mi hanno tenuto a distanza e sospinto verso la superficie. Questa è la prova più convincente dell'esistenza del Regno dei Coccodrilli in cui mi sia imbattuta.

Ho perfino cercato di urlare: «SALVE, FATEMI ENTRARE, PER FAVORE». Ma non c'è stato verso. È stato in quel momento che ho udito una voce. Mi sono girata e ho visto una sirena con una veletta di pizzo, con la coda decorata di conchiglie. Ma la cosa più stupefacente è il top di conchiglie che indossava, rivisitato in

un paio di occhiali da sole. ED ERANO CONCHIGLIE CORSARE!!!
Ne sono sicura perché avevano un riverbero accecante. È sparita prima che potessi parlarle o scoprire chi fosse. Sono convinta che fosse proprio una sirena del Regno dei Coccodrilli. Non può essere Gilda Chiomanera perché è morta da un pezzo.

SUGGERIMENTO NUMERO UNO:

«Lasciate gli occhi a casa a meno che non vogliate prendervi un'infezione.»

PROSSIMA TAPPA:

Algatraz, prigione di massima sicurezza, Regno di Sopra n. 1.

Bea fissava l'articolo attonita. – Mia mamma ha visto una sirena del Regno dei Coccodrilli con un corsetto corsaro.

– Ah, sì! Quello che indossava Gilda Chiomanera la Corsara nell'Anno del Pesce Palla, con cui mandò tutti in trance – commentò Mimi in tono spensierato.

– Prego? – chiese Bea. – *Trance*?

– Le Conchiglie Corsare sono magiche – spiegò Mimi.

– Magiche? – ripeté Zelda. – Come le… streghe?

– No, sono due cose diverse – dichiarò Asso.

– Tutti quelli che fanno ping fu conoscono la leggenda delle Conchiglie Corsare – disse Mimi. – Gilda Chiomanera, la sirena che le possedeva, praticava il ping fu ad altissimi livelli. Ve l'ho accennato quando eravamo sull'Autostrada dei Granchi, qualche ora fa, mentre tu leggevi l'articolo sui corsetti, Bea. Poi Zelda ha urlato qualcosa e mi ha strappato il binocolo di mano.

– Aspetta, spiegami cos'è di preciso la leggenda delle Conchiglie Corsare – la esortò Bea.

– Gilda Chiomanera era una sirena goffa e impacciata – prese a raccontare Mimi. – Rompeva e faceva affondare cose di continuo, come fece con il *Totanic* per sbaglio. È stato proprio in quell'occasione che ha trovato due conchiglie magiche con sopra incisi dei coccodrilli. Erano incastrate in uno degli alberi maestri.

– Mai sentito un tale mucchio di sciocchezze in vita mia! – sbuffò Zelda.

Mimi fece una smorfia sdegnata e proseguì.

– Secondo la mia maestra di ping fu, Maribel, la leggenda vuole che Gilda Chiomanera non sapesse che fossero magiche. Pensava semplicemente che sarebbero state perfette per un top da indossare a palazzo per i festeggiamenti di mezz'estate. La notte del ballo, apparve nel salone con il nuovo corsetto e…

Asso fece l'atto di restare senza fiato. – Oh, scusate, troppo presto. Va' avanti.

Mimi abbassò la voce a un sussurro appena udibile. – E le sirene caddero in trance.

– Trance? – fece Zelda in tono da presa in giro.

– Le ci vollero anni per realizzare come mai tutte le sirene si comportavano in modo così strano e facevano tutto ciò che diceva lei – continuò Mimi, con una scrollata di spalle. – Una volta che lo ebbe capito, per proteggere la Laguna Segreta dal potere di queste conchiglie speciali, le nascose al sicuro, in un posto segretissimo, e da allora nessuno le ha mai più viste.

– Quindi è bastato che puntasse le conchiglie verso le sirene per ipnotizzarle tutte? – domandò Zelda.

Mimi fece scrocchiare le nocche e simulò un colpo di ping fu con l'indice. – La maggior parte delle sirene che conosce la storia delle Conchiglie Corsare crede che l'incantesimo abbia a che fare con i corsetti che portavano tutte quante. A quell'epoca, le sirene erano obbligate a vestirsi tutte uguali. Non è come oggi che possiamo metterci tutto ciò che vogliamo, spalline imbottite, T-shirt stampate con Pinzetta, conchiglie piccole e grandi. A quanto pare, però, c'è stata una sola sirena che non è caduta in trance, l'attrice Delia Delfina, che indossava un costume di scena per intrattenere il pubblico al ballo, con quarantanove gamberoni con i lustrini dalla superficie riflettente.

Bea era rimasta di stucco, e i pesci uscivano ed entravano dalla sua bocca spalancata.

– Ecco, visto? Questa è la prova che dovresti essere libera di metterti ciò che vuoi, anche se si tratta di gamberoni con i lustrini.

– E Gilda Chiomanera aveva un delfino addomesticato

di nome Fischietto – aggiunse Mimi. – Una cosa che mi è sempre piaciuta di lei.

Bea alzò un attimo lo sguardo su Mimi. – Ma certo! ORA SI SPIEGA PERCHÉ DOBBIAMO FARE TUTTE I CORSETTI PER IL CIGNO! Servono per colpire con l'incantesimo tutte le sirene della Laguna Segreta!

– Ma dai, Bea! – intervenne Zelda. – Le Conchiglie Corsare! Ma è solo una leggenda! Vera quanto il cartone animato di Pinzetta, l'aragosta con il vestito.

– PINZETTA È VERA, RAZZA DI MOSTRO CHE NON SEI ALTRO! – strillò Asso.

– E se non fosse solo una stupida storiella? – incalzò Bea. – E se il Cigno stesse cercando di mettere sotto scacco la popolazione delle sirene per i suoi piani? E se le Conchiglie Corsare fossero state riportate alla luce dal loro nascondiglio?

Si voltarono a guardare Grancevola in lontananza.

– Se hai ragione, – disse lentamente Zelda – allora quella sirena là è riuscita a ra-pescare Bella Merluzza e a trovare le conchiglie più pericolose e meglio nascoste della storia della laguna… E noi stiamo per affrontarla con nient'altro che il binocolo scassato di Mimi e un cavalluccio marino chiacchierone.

25
Lo yacht di Grancevola

Un colpo di pinna e le sirenette nuotarono veloci verso lo yacht in uno slalom acrobatico fra barche e container, che terminò con uno schianto contro la fiancata di quella lussuosa dimora.

– Dobbiamo trovare il modo per entrare – bisbigliò Bea.

Zelda cercò di forzare un grande oblò, che però non si mosse di un millimetro, come se fosse sigillato. Allora gli sferrò un colpo.

A quel punto, com'è ovvio che sia, scattò l'allarme. Bea scoccò all'amica un'occhiata furiosa.

– Che c'è? – replicò Zelda sbuffando. – Come potevo immaginare che qualcuno avesse messo un allarme a un relitto?

– Ehi, voi! – sbraitò Grancevola. – Cosa state combinando?

Mimi indicò la finestra e fece per spiattellare tutto, ma per fortuna Bea la spinse da parte prima che potesse proferire parola, e con la forza della disperazione si tuffò in avanti per recuperare Asso che galleggiava poco distante.

– VENDIAMO CAVALLUCCI MARINI PARLANTI A DOMICILIO – dichiarò Bea, esibendo il suo ippocampo.

– Cavallucci marini parlanti? – si meravigliò Grancevola, inarcando un sopracciglio. – A quanto?

– Soltanto cinquanta nacchere! – disse Bea sicura di sé.

– Cinquanta nacchere? – si risentì Asso.

– Cento nacchere! – si corresse Bea, guardando Asso in cerca di conferme.

– Ma come… per un prodigio della natura come me? – insistette Asso.

– È solo perché ci lasci entrare – sibilò Bea. – Non che tu valga così poco, ma non azzarderò certo cifre ridicole, come…

– UN TRILIONE DI NACCHERE! – sbottò infine Asso, imitando la voce di Bea meglio che poteva.

Zelda scosse la testa. – Non riesco a credere che tu tenga ancora con te quell'affarino.

Mimi lo squadrò. – Non avevo realizzato che fossi così costoso. Credo sia perché dormi in una dentiera.

– È LA MIA CASETTA! – replicò Asso al colmo della stizza.

Grancevola fluttuò nell'oscurità attraverso la cabina in vetro e aprì un portellone sul ponte posteriore. – Venite dentro – disse con una smorfia.

Lo yacht era molto chic. Aveva lunghe panche in legno con cuscini di alghe semplici ed eleganti; un imponente mobile bar a forma di ostrica e un ponte panoramico con una vista a perdita d'occhio su Rocca Ancora fino alle guglie di Spiralidor.

– Algacola per tutti – propose Grancevola e sparì rapida nella stanza accanto.

Le tre rimasero sedute in silenzio. E Asso fece lo stesso.

– Ho paura – bisbigliò dopo un po' Zelda a Mimi. – E se ritorna armata?

– Ha detto che andava a prendere dell'Algacola – rispose Mimi, sovrappensiero.

– Magari ha fatto finta! – insistette Zelda. – E se stesse mettendo a punto una ricetta per fare di noi una zuppa di pesce? Con crostini di cavalluccio marino!

– Sssh – la implorò Bea. – Potrebbe sentirti.

– Sentirvi? – ripeté Grancevola ricomparendo alle loro spalle e facendoli urlare tutti e quattro. Poi sbatté sul tavolo un vassoio con le bibite. Il che li fece strillare di nuovo.

– Ho come l'impressione di terrorizzarvi – affermò.

– È Zelda a essere spaventata – disse Mimi.

– No che non lo sono! – protestò lei.

– Non siamo spaventate – intervenne Bea. – Siamo venditrici di cavallucci marini, ma siamo un po' alle prime armi –. E poi scosse la testa lei stessa realizzando quanto stupida fosse quella dichiarazione.

– E siete di qui, giusto? – s'informò Grancevola indicando le loro code. La maggior parte delle sirene di Rocca Ancora aveva code grigie con la punta luccicante.

– Ci siamo trasferite qui tanto tempo fa da Spiralidor – mentì Bea. – E abbiamo messo su un commercio di cavallucci marini parlanti. È in forte crescita!

– Ma senti queste... – commentò Grancevola fissandola. Il suo sguardo metteva soggezione, come se i suoi occhi azzurro chiaro potessero trapassare l'interlocutore da parte a parte.

Bea si schiarì la voce. – Bene: cominciamo! Dovevi incontrarti con Bella Merluzza il giorno della sua scomparsa? E lei si è fatta viva?

– Una domanda preliminare che facciamo sempre – si affrettò a precisare Zelda. – Prima di avviare le trattative...

– State cercando di scoprire cosa è capitato a Bella Merluzza? – chiese allora Grancevola.

A questa domanda, trattennero il respiro tutte quante.

«Ci siamo» pensò Bea. «Siamo pesce pronto per la padella.»

– Perché anch'io ho cercato di immaginare cosa potesse esserle successo.

Bea notò che Grancevola non aveva il simbolo della Consulta sulla mano.

– Come sono andate le cose quel giorno? – insistette Bea.

– Be', – prese a raccontare Grancevola – avevo detto che avrei incontrato Bella Merluzza da *Il Fantastico Mondo di Murena Lena*. Dovevo comunque stare lì tutto il pomeriggio per fare gli autografi sui gilet, capite. Ho aspettato per ore. E quando non l'ho vista arrivare, sono andata a Palazzo per vedere cosa stesse succedendo. Ero un po' seccata perché temevo che si fosse scordata del nostro appuntamento. Le sirene di Spiralidor, lassù al Nord, hanno la tendenza a dimenticarsi di noi. Ma quando sono arrivata, erano tutti spariti, quindi ho fatto dietrofront e sono tornata dritto a casa. Sulla via del rientro, ho intravisto Lampreda Ling con una grossa balena. Le ho detto che a Palazzo non c'era nessuno e che l'incontro con Bella Merluzza era saltato. Le ho anche detto di tenere gli occhi aperti.

– Nel pomeriggio? – chiese Bea. – Con una balena?

– Proprio così: con una balena, nel pomeriggio – annuì

Grancevola. – Dopotutto è di Aragostopoli. Doveva avere un qualche vezzo artistico.

– Scommetto che tu non possa provare di essere stata tutto il tempo da Murena Lena – osò buttare lì Zelda, afferrando tremebonda uno dei cuscini. – Non sembra neppure il nome di un posto reale.

– Puoi dimostrare di esserci stata? – la incalzò Bea, non sapendo bene cosa avrebbe fatto Grancevola quando avrebbero scoperto la verità...

– *Il Fantastico Mondo di Murena Lena* è un negozio aperto da poco – spiegò Grancevola. – Vende panciotti e accessori per murene da appartamento o giardino. La rivista *Tribordo* ha dedicato un reportage all'inaugurazione – spiegò allungandone una copia a Bea. C'era una foto con Grancevola e tutto il resto. – Più o meno un centinaio di sirene può confermare che ero lì.

Non c'è che dire, era un alibi a prova di affondamento.

– Be', qualcuno deve pur essere stato – concluse Zelda, accasciandosi sul divano. – Max Moscardino, Lampreda Ling, Sara Saragon e adesso anche tu. Avete tutti un alibi.

Bea prese a tormentarsi la treccia. Aveva una sensazione di vertigine, come se la stanza le girasse intorno.

– Elementare! – esclamò a un certo punto sempre attorcigliandosi la treccia.

– Che c'è, Bea? – chiese Asso, nuotandole attorno. – Calmati.

Bea si aggrappò alla balaustra e scrutò la laguna all'orizzonte. – So chi è stato – annunciò. – SO CHI È STATO!

– Chi? – fu la domanda che seguì, pronunciata all'unisono.

Bea si voltò verso di loro con un sorrisetto. – C'è solo una sirena che quel giorno era in due posti contemporaneamente... Senza peraltro avere il dono dell'ubiquità.

ONDOPOLITAN

LAMPREDA LING

LAMPREDA LING è stata scelta come governatrice di Aragostopoli, la città più amata della laguna che ha dato i natali a Rombo Munch e Branzino Monet. Nonché ad alcune stelle dello sport come la campionessa di cockey d'acqua Robi Rocker e la stessa Lampreda Ling. Lampreda è anche un'esperta studiosa di storia, con particolare attenzione alla dinastia Corsara, e ha grandi piani per la città. Ecco un breve profilo.

NOME: Lampreda Ling.

A CAPO DI:
Aragostopoli.

SEGNI PARTICOLARI:
l'acconciatura e gli occhiali da sole dello stilista Paguro Quattrocchi.

LUOGO PREFERITO:
la Biblioteca Laguniana, un vero scrigno di conoscenza

sulla storia della laguna. Ha trascorso giorni e giorni a studiare Conchigliologia quando era una studentessa presso l'Università della Chela.

SUGGERIMENTO NUMERO UNO:

«Fate un giro al Parco dei Divertimenti di fianco all'Orangerie. Troverete un mucchio di attrazioni, dal nuovissimo salto con la balena, all'atelier di pittura. Attualmente è in atto il progetto *Dipingi un caffè* per decorare i muri del caffè *Il Secchio Arancione*.»

FRASE PREFERITA:

«Cockey d'acqua. Cockey d'acqua. Cockey d'acqua!»

26
Quel genio di Bea!

Bea era raggiante. – Il Cigno… è LAMPREDA LING! – esclamò. Le tre amiche erano accoccolate l'una vicina all'altra, con Asso in mezzo, e sorseggiavano Algacola. Si stava facendo buio e la murena di Grancevola era affaccendata a preparare un piatto di bocconcini di spugna alla mediterranea e conchigliette ripiene di spuma dolce. Bea arrotolò la coda sotto di sé. Faceva freddo a Rocca Ancora. Anche sullo yacht.

Grancevola scuoteva la testa incredula.

– Hai visto Lampreda Ling con una balena quel pomeriggio – spiegò Bea. – Ma secondo l'articolo di *Ondopolitan* che ci ha dato Max Moscardino, stava disputando una partita ad Aragostopoli.

– E allora… Come ha fatto? – chiese Zelda. – Un intero stadio avrebbe notato la sua assenza e Grancevola non l'avrebbe vista se non fosse passata di lì.

– Mi ci è voluto un po' per capire – fece Bea con un sorriso soddisfatto. – Ma è tutto collegato al parrucchiere.

– Intendi *Tagli e Riccioli*? – si stupì Mimi. – Ma il parrucchiere è l'alibi di Sara Saragon.

Bea scrollò il capo. – Ma che pettinatura si è fatta Mor Billa? Vi ricordate quello che ci ha detto Forbi Gina? Un taglio maschile corto corto –. Alzò in alto la rivista, indicando la foto di Lampreda Ling.

– Allora… Aspetta! Credi che Mor si sia travestita da Lampreda Ling?

Bea annuì.

– Allora qual era Mor? Quella allo stadio sotto gli occhi di centinaia di sirene o quella che ha visto Grancevola?

– Ci ho riflettuto – disse Bea, piegando e ripiegando l'angolo della rivista fra le dita. – Non credo che Grancevola sia tipo da lasciarsi ingannare, ma un intero stadio di sirene vedeva una Lampreda Ling da lontano. Penso si siano scambiate a metà partita. Penso che il tutto sia successo alla fine del primo tempo, alle tre del pomeriggio.

– Continua – la incalzò Asso impaziente.

– Provate a ragionare – disse Bea. – Sara Saragon offende Bella Merluzza, la chiama "vecchia carpa". Bella Merluzza lascia Ostricville e si dirige a Rocca Ancora per incontrare Grancevola. Il luogo dell'appuntamento dista un'ora circa, tutto dritto verso nord. Intanto Mor Billa è a farsi la messa in piega, e Lampreda Ling sta giocando la sua partita. Alle tre del pomeriggio termina il primo tempo. A quell'ora Bella Merluzza sarà stata più o meno a metà strada e precisamente vicino a dove? Ditemelo voi!

Mimi tracciò una mappa della laguna sul tappeto con dell'inchiostro di seppia.

– Fai attenzione al tapp… – fece per raccomandarle Grancevola. – Oh, fa niente.

– Aragostopoli! – constatò Mimi. – Sarà stata vicina ad Aragostopoli.

– Esatto! – confermò Bea. – Lampreda Ling se la squaglia dopo il primo tempo, si toglie la divisa da cockey d'acqua e si precipita ad Aragostopoli. Cattura Bella Merluzza appena fuori dalla città e la ra-pesca.

– E dove la nasconde? – si intromise Asso, saltellando in giro eccitato.

Bea si fermò a riflettere. – Ancora non lo so. Di sicuro Lampreda Ling ha ra-pescato Bella Merluzza mentre Mor finiva la sua veloce messa in piega, una pettinatura alla Lampreda Ling. Poi sfreccia verso Aragostopoli. Ci vuole una mezz'oretta come dicevo, giusto il tempo che passa prima dell'inizio del secondo tempo. Si introduce furtivamente nello stadio, indossa la divisa della squadra di Lampreda Ling e termina la partita. Pensate alla differenza dei punti segnati fra primo e secondo tempo – osservò Bea

brandendo la rivista. – Centodue punti nel primo e solo due nel secondo. Come se fossero due giocatrici diverse... Ma *erano* due giocatrici diverse!

– Ma cosa è successo alle sirene che vivono e lavorano a Palazzo Perla? – chiese a quel punto Zelda. – Se hai ragione, questo spiega quando Bella Merluzza è stata ra-pescata. Ma le altre?

Bea fece un altro sorrisetto e alzò l'indice. – Probabilmente erano nella balena.

– COSA? – urlò Zelda.

– Cioè... non sono state date in pasto ai piranha? – chiese Mimi.

– Una balena. UNA BALENA – ripeté Zelda. – Vuoi dire che i nostri genitori sono dentro a una balena?

Bea si morse il labbro e annuì. Si era completamente scordata che i genitori di Zelda e Mimi lavoravano a Palazzo. – Lampreda avrebbe avuto tutto il tempo di nascondere Bella Merluzza, andare a Palazzo Perla con la balena, convincere tutti a salire a bordo e poi portarli via e nasconderli a loro volta. Quando Grancevola ha incrociato Lampreda Ling con la balena, con tutta probabilità stava tornando da Palazzo. E le sirene erano tutte dentro!

– In effetti la balena nuotava in modo un po' strano – rievocò Grancevola.

– Ma una balena le avrebbe sputate fuori nel giro di un paio d'ore. Le balene hanno delle regole in proposito.

– Vero – confermò pensosa Bea. – Il che significa che la balena non era altro che un nascondiglio temporaneo, un mezzo di trasporto verso un'altra destinazione. Ma quale? Questo è il punto!

27

Mor va su tutte le furie

Mor Billa attraversò fluttuando la cucina di Palazzo Perla e posò una ciotola tempestata di gioielli davanti a Gnam.

– Eccole, mio piccolo Gnam Gnam.

Il piranha domestico le affondò i denti nella coda. Se c'era una cosa che odiava era essere chiamato Gnam Gnam.

La piccola conchiglia sul bancone cominciò a vibrare. Mor aprì la comunicazione con una manata e prese a sbraitare: – HAI LETTO L'ARTICOLO DI BELINDA SHELTON SU *ONDOPOLITAN*? TI HA VISTO! E HA VISTO ANCHE LE CONCHIGLIE CORSARE!

– Impossibile – replicò il Cigno. – L'ho superata a tutta velocità.

Mor non distingueva con chiarezza la fisionomia del Cigno, tutto ciò che riusciva a vedere erano due enormi Conchiglie Corsare, quelle che portava sempre come occhiali da sole.

– Non vedo l'ora di indossare le Conchiglie Corsare e il mio nuovo cappello a forma di coccodrillo alla partita di cockey d'acqua – annunciò il Cigno con voce flautata.

– Non possiamo permetterci di far trapelare nulla prima che la missione sia compiuta, specialmente con quelli della Consulta – inveì Mor. – Hanno ficcato il naso nei nostri affari anche troppo!

In quel momento uno degli squali-spie al servizio di Max Moscardino passò davanti alla finestra. Sul fianco aveva la scritta SQUALO SPIA 1108.

– Non capisco... Di che cosa stai parlando? – domandò il Cigno, in confusione.

Mor serrò i pugni. – Siamo costrette ad apportare una piccola modifica al piano! –. Fischiò e una colonna di piranha entrò nella stanza sinuosa come un serpente...

28
Ra-pescamento

Bea sentiva il gocciolio rilassante dell'acqua che scorreva attraverso il lussuoso yacht di Grancevola. Adesso era tutto illuminato con file di lampadine appese fra un albero maestro e l'altro. Ora che Bea aveva capito chi era veramente il Cigno, fermarlo era diventato qualcosa di realizzabile. Ebbe un sussulto al pensiero di tutti gli indizi che si era lasciata sfuggire. Si versò ancora un po' di Algacola cacciandosi in bocca una deliziosa spugnetta. – Zelda, ricordi cosa ha detto Polpo Ballonzolo? Che i tuoi genitori hanno lasciato il Palazzo di loro spontanea volontà. Avrebbe senso: Lampreda Ling probabilmente si è presentata raccontando qualche bugia, contando sul fatto che di lei, un membro della Consulta, si sarebbero fidati tutti.

– Una BALENA – ripeté Zelda.

– Esattamente! E poi… – proseguì Bea – ti ricordi che Polpo Ballonzollo continuava a saltellare su e giù sul trono di Aragostopoli? Ha tentato di dirci a modo suo, fin dall'inizio, che si trattava di Lampreda Ling.

Mimi raccolse i resti di schiuma dolce dalla conchiglia e se li portò alla bocca per non perdersene neppure una goccia.

– È bene che restiate qui stanotte – affermò Grancevola volteggiando per la stanza con un altro vassoio di prelibatezze. – Ho convinto le murene a posteggiare per sicurezza la vostra Vongo-Mobile a prua.

Bea si spaparanzò sul pavimento a studiarsi per bene il profilo di Lampreda Ling su *Ondopolitan*: la verità era che non voleva più lasciare il confortevole yacht di Grancevola.

– Sapete, – disse con la bocca piena – Lampreda Ling ha studiato Conchigliologia. Deve aver trovato da sola il nascondiglio delle Conchiglie Corsare. Notevole, però! È stata la prima ad averlo fatto in centinaia di anni.

– Grandioso – commentò Zelda lasciandosi cadere di peso su una panca e mandando all'aria i cuscini. – Le renderemo pan per pagliaccia!

Mimi fece tintinnare il bicchiere contro quello di Bea. – La sconfiggeremo.

– Quando pensi che colpirà? – chiese Zelda. – Intendo, con quella cosa del mandare-tutti-in-trance?

– Non ne ho idea – rispose Bea. – Dobbiamo seguire ogni suo passo e tenerci pronte a entrare in azione.

Grancevola scivolò dentro la stanza sbattendo freneticamente la coda. Aveva un volantino in mano. – E questo? Voi ne sapete qualcosa? I piranha e le sirene di Ostricville ne stavano distribuendo a tonnellate un paio di ore fa.

Bea glielo strappò di mano e fece una smorfia di disappunto.

Lampreda Ling annuncia il più grande torneo
di cockey d'acqua mai svoltosi ad Aragostopoli.
Si sfideranno le squadre di tutte e cinque le parti
della laguna. Domani.
Il Cigno esige la partecipazione di tutte le sirene del regno,
senza eccezione alcuna. Obbligo per tutte: indossare
i corsetti (coloro che ne saranno sprovviste finiranno
in pasto ai piranha).

– Com'era lo slogan dello Stadio Chelawana, Zelda? – chiese Bea, senza staccare gli occhi dal volantino.

– "Un posto per ogni sirena?" – disse Zelda.

– Esatto! – esclamò Bea deglutendo nervosa. – Questo vuol dire che userà il potere delle Conchiglie Corsare su tutte le sirene in un colpo solo!

– Posso allertare Max Moscardino – propose allora Grancevola. – Gli dirò di portare allo stadio i suoi squali. Se ci mettiamo al lavoro adesso, possiamo salvare un bel po' di sirene.

– Ma ce ne sono milioni in tutta la Lagu…

BANG!

Bea fece un sobbalzo.

Era scattato l'allarme. Le luci presero a lampeggiare.

– Presto! – le incitò Grancevola guidandole verso prua. – Montate in macchina.

Con la coda dell'occhio Bea scorse cosa le aspettava lungo la fiancata oltre la balaustra. Mezzo esercito di piranha, a denti sguainati.

– Ma che cosa sta succedendo? – domandò Zelda in un soffio mentre s'infilavano in fretta e furia nella Vongo-Mobile. Era calato un silenzio di tomba.

Poi d'improvviso si udì un rombo impressionante. Sembrava ci fosse un maremoto. Asso riemerse dalla dentiera, sbadigliando, con il panciotto di traverso.

Bea premette nervosamente un paio di pulsanti sul cruscotto, e l'auto si girò lentamente su se stessa fino a posizionarsi con il muso verso l'esterno.

Bea si mise a piagnucolare e si tappò la bocca. Zelda parò gli occhi a Mimi. Asso si rituffò nella dentiera, strillando:
– RA-PESCAMENTO!

Là, sulla prua, Grancevola veniva legata con funi di alga e trascinata via da un drappello di piranha con le mandibole che si aprivano e si chiudevano scattando.

– Dove la stanno portando? – chiese Bea, appoggiando una mano sul parabrezza. – Dobbiamo fermarli –. Fece per aprire il tetto della Vongo-Mobile ma Zelda la trattenne.

– Non farlo, Bea, è troppo pericoloso. Ricorda che noi dobbiamo fermare Lampreda Ling e l'unico vantaggio che abbiamo su di lei è che non sospetta nulla di noi. Ma lo farà se cerchiamo di fermare quei piranha.

Bea si girò con il cuore che le batteva all'impazzata. Una figura sinistra con un taglio di capelli maschile molto molto corto stava avanzando proprio verso di loro.

– Mor Billa – mormorò Bea rintanandosi sui sedili.

Incombeva su di loro, con gli occhi a fessura per individuare l'auto in mezzo alle luci lampeggianti dello yacht.

Si udì un altro *BANG!* Poi uno strano squittio.

Bea si sporse giusto in tempo per vedere Mor girarsi di scatto e scrutare l'orizzonte.

– OH, NO! BASTA, GNAM! PIANTALA DI CERCARE DI RUBARE IL PANCIOTTO DI QUELLA MURENA!

Poi la sirena cattiva si tuffò oltre il parapetto e scomparve.

Le tre amiche trassero un sonoro sospiro di sollievo e restarono sedute in un silenzio sbalordito, fissando l'orizzonte con sguardo assente.

Asso fece capolino dalla sua casetta. – Be', penso che su una cosa siamo tutti d'accordo: le murene hanno dei panciotti da sballo!

– Allora, che si fa? – domandò Zelda, accasciandosi sul sedile. – Giriamo per le vie della città spifferando la verità su Lampreda Ling e sul suo piano? Mimi potrebbe modificare il binocolo e farlo diventare un megafono.

Bea rifletté per un momento. – E se non dovessero crederci? Senza contare che non abbiamo tempo per allertare tutti. Rischiamo di essere catturate. No, troppo pericoloso. Dobbiamo cogliere di sorpresa Lampreda Ling alla partita. Lei e Mor non devono avere il minimo sospetto.

Mimi e Zelda si scambiarono un'occhiata.

– Bene! – disse infine Zelda. – Qual è il nostro piano?

Bea tirò fuori il volantino.

– Lampreda Ling è convocata – commentò Zelda, allungando il collo per leggere.

– Dovresti indossare divisa e protezioni da cockey e marcarla – suggerì Bea. – Prendere il posto di un'altra sirena nella squadra di Spiralidor. Sono sicura che Robi Rocker o Fred Moscardino ti potrebbero far entrare di soppiatto negli spogliatoi. Una volta lì, potresti spargere la voce fra i giocatori.

Zelda annuì.

– E se indossa le Conchiglie Corsare, tu frantumale in mille pezzi – aggiunse Bea, serrando i pugni.

– Se le indossa saranno sotto le protezioni – fece notare Mimi. – Perché brillano forte.

– Pensi di poterti avvicinare abbastanza per avere la possibilità di romperle? – domandò Bea.

Zelda annuì. – Potrei farla scontrare con un delfino della squadra di Spiralidor, o farla addentare da uno squalo. Roba del genere.

– Bene – concluse Bea. – Coinvolgi tutti i giocatori a parte gli Ostricville Wonders, naturalmente. Proverò a trovare Max Moscardino per spiegargli il tutto. Ci può aiutare lui con Mor.

Asso riemerse dalla dentiera.

– Asso, tu cerca di trovare una specie di altoparlante e spargi la voce che il Cigno è Lampreda Ling.

– Posso farlo con un accento buffo? – chiese lui.

Bea assentì. – Basta che sia sirenese e non qualche strana lingua che conoscete solo voi cavallucci marini!

Asso borbottò qualcosa di indecifrabile in un idioma incomprensibile.

Bea si rannicchiò ancora di più nel sedile mentre Zelda tirava giù la tendina. – Credo sia meglio dormire qui, stanotte – dichiarò. – Nel caso occorra battere in rapida ritirata.

Bea annuì. Sentiva che gli occhi le si chiudevano. Era stata una giornata pazzesca. Dopotutto, la Vongo-Mobile era così confortevole, e loro tutte lì con le code avvolte tra loro.

Zelda si accoccolò contro Mimi pronta per farsi un sonnellino.

– Aspetta – disse Mimi. – Io che cosa devo fare nel piano?

Bea chiuse gli occhi e fece un sorrisetto. – Tu, Mimi, hai la parte migliore.

29
Aragostopoli

Aragostopoli emanava fulgenti bagliori in sfumature di rosso e viola, con i suoi edifici progettati da famosi architetti. Era tutto un giro di luminarie sfavillanti e cartelloni a luci intermittenti con l'immagine di Pinzetta, la protagonista del cartone, l'aragosta con il vestito. Aragostopoli era la capitale dello spettacolo, la città piena di vita in cui tutte le giovani sirene sognavano di trasferirsi appena finiti gli studi.

Bea e Zelda la conoscevano perfettamente. Tante sirene di Spiralidor avevano l'abitudine di prendere il balena-bus fino ad Aragostopoli per andare a bersi un frullato di spuma al bar *Il Secchio Arancione*. Torreggiava massiccio in lontananza: una replica gigante di un secchio, verniciato di arancione, con uno scivolo che ci girava intorno a spirale.

Superarono un edificio con un maxischermo pubblicitario in cui Pinzetta ballava insieme a Naso, il personaggio che le faceva da spalla.

Pinzetta, Pinzetta Pinzetta WOW
Pinzetta, Pinzetta Pinzetta WOW
Pinzetta, Pinzetta Pinzetta WOW
Pinzetta, Pinzetta Pinzetta WOW
Pinzetta, Pinzetta Pinzetta WOW
Pinzetta, Pinzetta Pinzetta WOW
Pinzetta, Pinzetta Pinzetta SHOW!

La sigla del *Pinzetta Show* risuonava a tutto volume. Bea si voltò un istante e vide Asso che saltava su e giù a ritmo. Zelda levò gli occhi al cielo.

Bea guidava l'auto lungo la strada. Quando giunse a un semaforo, formato da due aragoste su un bel pilastro di pietra, si fermò. Le due aragoste si alternavano in cima con due cartelli: STOP e NUOTA. Oltre il semaforo c'era un cartellone al neon con il nemico giurato di Pinzetta, il pesce palla O con una parrucca riccia.

– Il mio personaggio preferito dei cartoni animati... – dichiarò Zelda, apposta per far arrabbiare Asso – è O, il cattivo!

– Se non ti dispiace! – replicò Asso inorridito. – È IL PEGGIORE!

– Spero che Mimi se la stia cavando – mormorò Bea. – Se la sua parte fallisce, siamo finite!

– Sta' tranquilla, in questo momento probabilmente avrà già fatto tutto – commentò fiduciosa Zelda. – Magari sta parlando con un tonno. Dopotutto, è Mimi.

Più avanti, migliaia di sirene facevano la fila per entrare allo Stadio Chelawana, con i loro corsetti di conchiglie e gli accessori da tifosi; guanti e berretti rossi e viola, e spesse fasce argentate decorate con squaletti giocattolo. Ma a differenza delle partite normali, al posto dei top più moderni, le sirene indossavano i corsetti tradizionali; alcune li portavano sul petto, altre li usavano come occhiali da sole o paraorecchie. Una addirittura li aveva reinterpretati come spalline alquanto stravaganti. I piranha giravano loro intorno minacciosi, facendole sussultare a ogni passo.

Bea si voltò verso Zelda, che si stava infilando tutta eccitata guanti e gomitiere rinforzati con gusci di conchiglia.

Tirò fuori dalla borsa due grossi paraspalle e infine il casco, anch'esso rivestito di gusci extra-strong.

– Quella è Zelda Guizzisguazzi, credo – mormorò la folla, mentre Zelda sgusciava fuori dall'auto. Era una cockeista piuttosto famosa nella Laguna Segreta. La sirenetta alzò la mano pronta a salutare quando con un tuffo le si affiancò Robi Rocker.

– Oh, Zelda! – gridò. – Vi ho cercato tutte e tre. Ma dov'è Mimi?

– A pesca! – rispose Zelda con un sorrisetto ironico.

– Cozza Caccola ha visto il Cigno! – gridò Robi Rocker. – Mi ha detto di dirti che ha il volto coperto da una veletta di pizzo e la coda interamente rivestita di conchiglie. Non sa chi sia, ma è meglio di niente, no?

– Noi sappiamo chi è – disse Bea, distratta dalla folla. – È Lampreda Ling.

– Veramente? – fu la reazione di Robi Rocker, palesemente sbalordita. – Be', questo spiegherebbe tutte quelle conchiglie. Servono a nascondere la coda da aragosta.

Zelda si batté sul casco in segno d'intesa.

– Aspetta – disse Robi Rocker. – Ma tu giochi?

– Oggi sì – rispose Zelda strizzandole l'occhio. – Mi puoi far entrare negli spogliatoi?

– Ci troviamo davanti alla porta fra cinque minuti – replicò l'altra con un cenno del capo.

Bea richiuse il tettuccio della Vongo-Mobile seguendo con lo sguardo Robi Rocker che entrava nello stadio. Vari gruppetti di sirene la indicavano lanciando gridolini deliziati.

– È LA MIGLIORE – commentò con tono adorante una sirena che indossava una T-shirt con sopra scritto Robi Rocker.

– Pronti? – chiese Bea con un filo di voce.

Zelda si batté sul casco. – Naturalmente.

– Non proprio, a essere onesto – ammise Asso.

– La cosa principale – affermò Bea – è distruggere quelle conchiglie.

ONDOPOLITAN

COCKEY D'ACQUA 101 – Una guida al gioco per sirene

Nonostante sia lo sport numero uno in laguna, un terzo delle sirene e più – circa 500.000 residenti – non ha mai visto una partita. Dato che siamo tutti tenuti ad assistere a quella di oggi su richiesta della Capitana dell'Esercito Piranha Mor Billa e dal Cigno (di cui ancora non si conosce l'identità), ecco cosa c'è da sapere, come ci ha spiegato la stella del nuoto di Spiralidor, Robi Rocker!

«Ci sono cinque squadre, una per ogni città o cittadina della laguna. Gli Ostricville Wonders, che imbrogliano sempre; le Stelle di Spiralidor, che sono decisamente le migliori. Poi i Rocker di Rocca Ancora, i Pesi Massimi di Cime Squalose e i Crazy Lobsters di Aragostopoli. Noi, le Stelle di Spiralidor, siamo in splendidi rapporti con i Crazy Lobsters di Aragostopoli. Quindi non ci dispiace che ultimamente stiano collezionando un sacco di vittorie.

Ogni squadra ha otto giocatori. Sei sono difensori, i cosiddetti cavalieri. E poi ci sono due attaccanti, detti nuotatori, come me. La pista è un cerchio enorme, e gli attaccanti segnano punto facendo arrivare un disco nella porta avversaria, superando la metà campo della squadra antagonista. Il disco è costituito da una scarpa umana. Nessuno sa come mai, ma è così.

Mentre nuoti attraverso il campo i difensori della squadra avversaria cercano di fermarti, mentre i difensori della tua cercano di fermare gli attaccanti avversari. Tutto chiaro?

I cavalieri, come dice il nome, cavalcano diverse creature. Gli Ostricville Wonders montano piovre con tentacoli ricoperti di conchiglie appuntite. I Crazy Lobsters si muovono su carri fatti di aragoste, per niente solidi ma veloci. I Pesi Massimi di Cime Squalose cavalcano squali sellati, e i Rocker di Rocca Ancora guizzano in equilibrio su pesci rasoio. Alcuni sostengono che sembrano dei cosi chiamati sci, ma io non so che roba siano… E noi, le Stelle di Spiralidor? Noi cavalchiamo delfini con sella e briglie.

Godetevi la partita e… che vincano i migliori!»

30
Lo Stadio Chelawana

Bea nuotò svelta verso lo stadio gremito di migliaia di sirene. Il fragore era assordante. Giocherellava con il corsetto che aveva legato alla treccia. Zelda aveva deciso di sistemarselo al polso. Doveva indossarlo per non insospettire i piranha o le sirene di Ostricville, ma la possibilità di essere colpita dall'incantesimo la lasciava parecchio in ansia.

– ASSO! – urlò sovrastando il boato della folla. – TROVA QUALCUNO CHE FACCIA L'ANNUNCIO! IL PIANO, ASSO!

Asso fece un inchino e fluttuò via. Bea lo vide schizzare in avanti e poi di colpo fare una virata a sinistra per piazzarsi davanti al maxischermo con Pinzetta che ballava.

– Per tutti i merluzzi! – esclamò Bea fra i denti.

S'impastò contro lo schermo e prese a scuotersi tutto giocando a imitare Naso, il cavalluccio marino del cartone animato.

– SCOLLATI DA LÌ! – gli urlò una sirena.

– QUEL CAVALLUCCIO STA DISTURBANDO IL CARTONE ANIMATO! – gridò un'altra.

– Se non vi dispiace! Io sto sostituendo la spalla di Pinzetta – gridò di rimando Asso, tutto fiero.

– MA SE NON SEI NEANCHE UN CARTONE ANIMATO!

Bea levò gli occhi al cielo attraversando un gruppo di sirene per raggiungere la balaustra che separava il pubblico vociante dai giocatori.

In alto, nella tribuna reale, scorse un altro gruppetto di sirene e un polpo cameriere. Allungò il collo spingendone via un paio per vedere meglio. C'era anche un drappello di piranha.

«Ci dev'essere anche Max Moscardino, da qualche parte» si disse mentre si apriva faticosamente un varco tra la folla. Superò un capannello di tifose di Cime Squalose con le magliette della loro squadra sotto i corsetti di conchiglie.

Una si girò. – Sai se Fred Moscardino gioca? È il mio idolo.

Bea scrollò le spalle e continuò a nuotare.

BANG!

All'udire il colpo si buttò sul fondo, alzando lo sguardo nervosamente giusto in tempo per vedere una frotta di creature marine schizzare fuori dagli spogliatoi e correre intorno al campo per fare il riscaldamento: piovre con cappelli vistosi, delfini con selle tempestate di conchiglie, un calesse fatto di aragoste agganciate fra loro, squali con maschere anti-inchiostro di seppia e pesci rasoio che le sirene di Rocca Ancora si stavano fissando alle estremità della coda.

Bea si portò rapidamente a bordo campo mentre i componenti delle cinque squadre balzavano in sella a piovre e delfini, prendevano posto sui carri di aragoste o salivano composti a cavallo degli squali. Le sirene di Rocca Ancora sfrecciavano da una parte all'altra tenendosi in equilibrio sui pesci rasoio, molto più veloci delle altre. Zelda e Robi Rocker confabulavano tra loro, intente a bardare le loro cavalcature con nastri di alghe.

Bea restò pietrificata quando nell'arena scese Lampreda Ling accolta da un applauso fragoroso. Non emanava particolari bagliori, non c'erano prove che indossasse le Conchiglie Corsare; in compenso, indossava un'armatura che la copriva da capo a piedi. Zelda alzò lo sguardo e la localizzò fra gli spettatori. Alzò i pollici, e s'infilò il casco.

– TRE! DUE! UNO! COCKEY! – annunciò una voce roboante dagli altoparlanti. Bea si guardò in giro, augurandosi di vedere Asso nell'atto di fare qualcosa di utile. Ma quello era ancora là a ballare davanti al cartone animato di Pinzetta.

La partita ebbe inizio. Zelda si lanciò verso Lampreda

Ling cercando di insinuarsi al volo fra due piovre, ma fu sbattuta di lato.

Bea ebbe un sussulto e si coprì gli occhi.

– VAI, BUTTALI GIÙ TUTTI! – incitavano i tifosi di Spiralidor.

Sirene e creature marine avanzarono decise nel mezzo della pista scartando a destra e sinistra, oltre una grossa piovra che teneva dei palettoni con l'emblema delle squadre.

– UN PUNTO PER ARAGOSTOPOLI! –. Vi fu un boato, e Bea vide Zelda scuotere la testa.

Subito dopo una delle sirene di Ostricville si lanciò in un'improvvisa virata strattonando senza pietà le redini della sua piovra, che buttò fuori campo uno dei Pesi Massimi di Cime Squalose.

– PESCIALLO! – urlò una sirena, usando il termine sottomarino per "fallo".

– FATTENE UNA RAGIONE! – le gridò di rimando una sirena di Ostricville dagli spalti opposti.

Bea prese a nuotare ancora più veloce facendosi largo a gomitate nella confusione generale. A pochi metri dalla tribuna reale, avvistò Max Moscardino. Di spalle.

– MAX! – chiamò a gran voce mentre l'arena era tutto

un turbinio confuso di denti di squalo, ruzzolare di sirene e un saltare di delfini. Dal pubblico si levò all'unisono un gemito.

Bea si girò di nuovo verso il campo da gioco, giusto in tempo per vedere Zelda che superava in volo nell'ordine due sirene di Aragostopoli, uno squalo di Cime Squalose e una sirena di Rocca Ancora su due pesci rasoio e...

BAM!

– PUNTO PER SPIRALIDOR!

Zelda si voltò verso il pubblico e alzò i pollici.

Bea levò gli occhi al cielo. Zelda doveva pensare a marcare Lampreda Ling! Non a segnare. Si girò verso Max Moscardino.

– MAX! – provò di nuovo. – DEVO...

Lui si voltò lentamente e fu lì che li vide. Alcuni piranha furiosi gli stavano legando le mani con delle corde di alghe. E a tappargli la bocca aveva una Cotoletta di Canocchia.

Bofonchiò qualcosa di incomprensibile mentre una mano gelida afferrava il braccio di Bea.

– Dove credi di andare, Bea Shelton? –. Bea si voltò di scatto.

– Cameron Saragon – sibilò la sirenetta a denti stretti.

– Dove sono Mimi e Zelda? – le chiese Cameron, con un sorriso sprezzante.

– Lasciami – la implorò Bea.

– HO CATTURATO LA SIRENETTA CATTIVA! – annunciò arrogante Cameron. Bea vide incombere su di lei una torma di sirene di Ostricville come un esercito di orrendi cappelli.

– Cameron, è importante – la supplicò Bea. – Non abbiamo molto tempo prima che…

In quel momento, le luci dello stadio saltarono.

– Aragostopoli fa schifo – decretò Cameron, stringendo più forte Bea. – Non va neppure la corrente.

Sul campo da gioco corse una figura che nuotava sulla pista con due conchiglie luccicanti come gomitiere su cui erano incise sagome di coccodrillo.

Guardò giù verso Zelda, che era proprio di fianco a Lampreda Ling!

– Aspetta – disse Bea ragionando febbrilmente. – Se Lampreda Ling non indossa le Conchiglie, allora…

– Oooh, Mor Billa! – disse melliflua Cameron, agitando le braccia come una forsennata.

Bea si staccò in fretta le conchiglie dai capelli. E vide

che Zelda faceva altrettanto togliendosi i gusci dal polso.

– Cameron – disse in tono pressante. – Mor Billa ci manderà tutte in trance.

– Bene! Non so cosa sia ma sono sicura che se è una cosa che fa Mor mi piacerà.

– Cameron, la trance non può piacerti. È una forma di controllo della mente.

In quel momento vi fu un improvviso bagliore.

Uno scricchiolio terrificante.

E calò il buio.

31
Disastro

Mor Billa era in piedi nella tribuna reale. Si era agganciata le Conchiglie Corsare ai polsi, gli intagli proiettavano sagome di coccodrilli sulle pareti dello stadio.

Tutte le sirene galleggiavano immobili, con gli occhi che scintillavano quanto le conchiglie.

Bea era china e faceva lo slalom fra le code delle sirene. Le mani le tremavano. Tutto sembrava muoversi al rallentatore: la folla, i suoni, il cartone animato di Pinzetta. Andò a sbattere contro Zelda e le due finirono in un angolo in fondo allo stadio.

– HO VINTO! – esultò con voce squillante Mor Billa, cercando di baciarsi le conchiglie sui polsi. Avanzò sinuosa come una serpe in direzione di Bea e Zelda e si fermò davanti a Lampreda Ling. – SEI STATA UN'ILLUSA! COME POTEVI CREDERE CHE TI AVREI LASCIATO INDOSSARE QUESTE CONCHIGLIE? SAREBBERO SPRECATE SU DI TE. ORA HO TUTTA LA LAGUNA SOTTO IL MIO CONTROLLO.

– Aspetta – sussurrò Bea. – Ma allora, il Cigno, o Lampreda Ling, qualunque sia il suo nome, non sapeva che l'intenzione di Mor Billa era ipnotizzare tutte le sirene?

– IL CIGNO È UN NOME INSULSO! – urlava ancora Mor Billa, rivolta a Lamprenda Ling.

Quest'ultima la fissava con lo sguardo vuoto. Gli occhi le sfavillavano.

La Capitana dei piranha si girò e si ispezionò le conchiglie sui polsi. Poi riprese: – Mi sei servita per la prima parte del piano: tu dovevi annunciare la partita di cockey e attirare tutti allo stadio. Considerata la tua passione per i corpetti di conchiglie, sapevo che se ti avessi detto che avevo ritrovato le Conchiglie Corsare avresti partecipato. Grazie, grazie mille! Ah ah ah!!!

Lampreda Ling fece un rutto.

Bea osservava Fred Moscardino e Robi Rocker ondeggiare in silenzio nella loro tenuta da cockey. Sopra gli spalti scorgeva Julius, Marina Bevilacqua e Forbi Gina, tutti in trance.

– Beaaa – disse in un soffio Zelda, indicando il cartone animato. – Guarda Asso. È ancora lì che balla.

Bea scrutò il maxischermo insinuandosi fra due code di sirene. Asso era là, che danzava perso nel suo mondo come se nulla fosse. – L'incantesimo non ha funzionato su di lui, sebbene indossi un panciotto di conchiglie.

– Non avrà funzionato perché lui è un cavalluccio marino.

Restarono a guardarlo ballare, completamente indifferente a ciò che stava accadendo sotto di lui.

– Non riesco a credere che tu ti tenga ancora quel coso – sentenziò Zelda.

Bea lasciò correre lo sguardo da Asso a Mor e poi fissò di nuovo Asso. Se solo avesse potuto fare in modo che il cavalluccio la distraesse, avrebbero potuto uscire di colpo dal nascondiglio, strappare le Conchiglie Corsare dai polsi di Mor e frantumarle.

– Pssst! Asso! – provò a chiamarlo Bea.

Niente.

– Pinzetta, oh! Pinzetta, oh! – cantava Asso.

– Mi sposto più vicino – disse Bea, scivolando quatta quatta fra le code. – PSSST! ASSO!

Una pinna tempestata di perle la colpì in pieno viso. Bea sollevò lentamente lo sguardo.

– Bene, eccoti qua, microbo! – la salutò Mor con un sorriso sinistro.

– NON RIUSCIRAI A FARLA FRANCA! – urlò Bea mentre si alzavano come in un vortice sopra la folla di sirene in trance.

– Il mio piano era perfetto, e i vostri tentativi di mettervi in mezzo, ridicoli! – si vantò Mor Billa. – Avreste dovuto vedere come ho ra-pescato Bella Merluzza! È bastato farmi la stessa acconciatura di Lampreda Ling da *Tagli e Riccioli* e scambiarmi con lei nel secondo tempo della partita!

– Lo sappiamo – disse Zelda brusca. – Bea aveva capito tutto.

– E tutto ciò che dovevo fare era assicurarmi che le sirene di corte non si mettessero in mezzo. Così le ho caricate su una balena e portate via, in modo che non potessero mandare all'aria il nostro piano. Bella Merluzza è stata condotta sulla terraferma come merce di scambio per le Conchiglie Corsare! Ce le aveva una signora nevrotica con delle calze a pois. Le ha trovate su una spiaggia, ci credereste? Mi ci è voluta tutta la mia tenebrosa volontà per scovarle.

– Ma certo – gemette Bea. – L'inchiostro di penna sull'acquagramma. Ecco perché le istruzioni erano scritte con inchiostro di penna... Perché Bella Merluzza era sulla terraferma, dove usano le biro.

Zelda sbatté la coda con rabbia. – Non posso credere di non averci pensato!

– Quindi, Mor, il patto era scambiare Bella Merluzza con le Conchiglie Corsare? – chiese Bea.

– Bea – le sibilò Zelda. – Smettila di parlare a quell'essere!

Mor buttò la testa all'indietro e rise. – Un gioco da ragazzi!

Bea si morse il labbro.

– E per le unghie, ho preparato un po' della mia speciale Polvere di Piranha, una mia ricetta segreta. L'ho versata nell'acqua della laguna e, *BUM*, ogni sirena si è ritrovata sulle unghie il marchio dei piranha. Ne ho introdotti illegalmente un bel po', li avevo tenuti pronti a intervenire nei pressi di Algatraz, il carcere di massima sicurezza... *et voilà*! CONTROLLO TOTALE SULLA LAGUNA. Bella Merluzza è rimasta molto colpita quando le ho spiegato quella parte del piano. Terrorizzata. Ma anche un po' ammirata, credo.

– Ancora una domanda – disse Bea.

– Bea – le ribadì a denti stretti Zelda. – Non parlarle più!

– Perché permetti alle sirene di Ostricville di fare tutto quello che vogliono, rubando e saccheggiando in giro, per poi mandare in trance anche loro come tutte le altre?

– Oh... – fece Mor sprezzante. – Perché io mi installerò a Ostricville. È casa mia, dove sono cresciuta. Saccheggiare era semplicemente un modo per far arrivare a Ostricville tutte le cose che mi piacevano e servivano. Adesso non mi resta che trasferirmi: ho i tesori di Palazzo e anche una vera borsetta di squalo.

– SE NON TI DISPIACE! GLI SQUALI NON SI USANO PER FARNE BORSETTE! – giunse un urlo, mentre Asso si catapultava dritto su Mor Billa. Bea e Zelda cercavano convulsamente di liberarsi.

– Asso! – esultò Bea proprio mentre Gnam compariva alle spalle del cavalluccio marino.

Zelda cacciò un urlo, Gnam aveva affondato i denti.

– NO! – gridò Bea, mentre dopo un tentativo di divincolarsi il piccolo ippocampo si era afflosciato e precipitava verso le sirene in trance sotto di loro.

– ASSO! – urlò disperata Bea. – ASSO! –. Le lacrime presero a sgorgarle, mentre Zelda lo prendeva al volo con la coda.

Il cavalluccio giaceva lì, immobile e silenzioso: due cose che sembravano voler dire solo "cavalluccio morto".

Mor diede una pacca di approvazione a Gnam. – Bravo, il mio piccolo Gnam Gnam.

– Era una creaturina così carina – commentò Zelda con la voce strozzata e gli occhi gonfi di pianto.

Asso aprì un occhio. – Ero sicuro di piacerti.

– Asso! – esclamò Bea, tirando su rumorosamente con il naso. – Sei vivo!

– Ma il mio panciotto di conchiglie si è crepato! – rispose lui indispettito, scrollandoselo di dosso. – In compenso, mi ha salvato la vita.

Mor serrò i pugni. – E allora? Il tuo cavalluccio marino non è morto! CHE COSA PENSATE DI FARE? Avete le mani legate! Credete di fermarmi?

Fece una risatina sardonica.

Ci fu come un rombo. Sulle prime sordo, poi sempre più forte.

Mor si sfilò le Conchiglie Corsare, le agitò nell'aria e schizzò in alto verso il tetto a volta dello stadio.

– QUESTA LAGUNA È UFFICIALMENTE MI…

In quel preciso istante uno squalo gigantesco sfondò la volta.

– Alla fine l'ho trovato! – trionfò Mimi, seduta a cavalcioni sulla creatura.

Bea prese a tossire mentre fitti mulinelli di sabbia intasavano lo stadio.

Al loro dissolversi, vide cadere pesantemente uno squalo nel punto in cui un attimo prima c'era Mor Billa. Uno squalo coperto di lucine con un'insegna luminosa lampeggiante: DA SQUALELLA.

Le luci si riaccesero. I piranha si dispersero. La folla riprese vita e gli occhi delle sirene smisero di sfavillare.

– Ottimo lavoro! – si congratulò Mimi dando una pacca amichevole al pescecane mentre smontava di sella. Nuotò verso le amiche e le tre si unirono in un abbraccio, lanciandosi in un girotondo al colmo della contentezza.

– CE L'ABBIAMO FATTA! – esultò Bea.

DA SQUALELLA

– Mimi! – gridò Asso, cercando di buttarsi in mezzo al girotondo. – Mi hai rubato la scena. Stavo per salvare io la situazione!

– I simboli dei piranha sulle unghie sono scomparsi! – disse una sirena dalla folla.

Bea si girò verso lo squalo: Mor Billa stava forzando la testa dalla bocca dello squalo nel tentativo di scappare.

– SI È MANGIATO LE CONCHIGLIE CORSARE! LE HA FRANTUMATE E LE HA MANDATE GIÙ! – ruggiva furente.

Zelda rotolò all'indietro sulla coda e incrociò le braccia.

– Be', alla fine ci siamo riuscite!

– Portala via! – ordinò Bea, mentre il pescecane ristorante scivolava verso l'uscita.

– CHE SCHIFO QUA DENTRO! – sbraitava Mor Billa. – ALTRO CHE CINQUE STELLE MARINE! QUESTA È UNA BETTOLA, NON UN RISTORANTE!

32
Le sirene di Palazzo

I piranha batterono in ritirata, prontamente imitati da Sara Saragon e dalle sirene di Ostricville. E il Cigno, al secolo Lampreda Ling, parve svanire nel nulla.

– Ora lascia fare a noi – disse Max Moscardino a Bea dandole una pacca sulla spalla. – Manderemo una squadra di soccorso sulla terraferma alla ricerca di Bella Merluzza e delle sirene di Palazzo. E vediamo se riusciamo a cavare qualcosa di bocca a Mor Billa.

– Ma lo scambio era solo con Bella Merluzza, le sirene di Palazzo non possono essere…

– Oh, sirenette care, – intervenne Grancevola – avete fatto molto per noi e vi siamo grati. Ora per voi è tempo di fare ritorno a casa.

– Bene, sarà meglio fare ritorno in negozio con Cozza Caccola – affermò Robi Rocker.

– LE CONCHIGLIE NON SONO PIÙ GRATIS, SCROCCONE CHE NON SIETE ALTRO! – sbraitava Cozza Caccola a destra e a manca.

Fred Moscardino si portò vicino a loro con un paio di agili bracciate. – Questo fine settimana, tutti al *Secchio Arancione*! Potremo finalmente prenderci dei frullati di spuma, adesso che non c'è più il coprifuoco.

– Idea fantastica! – commentò Robi Rocker.

– Bea, porta anche il piccolo Asso! – aggiunse Fred.

– Solo Asso, se non ti dispiace – replicò il cavalluccio marino piccato. – Quel "piccolo" lo puoi tenere per te! Ci siamo capiti?

Fred e Robi Rocker si congedarono uscendo dall'enorme buco nel tetto.

Fred si girò e sorrise.

– Ha proprio un sorriso splendente – sussurrò Bea a Zelda.

Zelda si lasciò sfuggire un gemito. – Ti ricordi che gli ho rotto qualche dente? – ironizzò. – Li ha sostituiti con dei lingotti d'argento trovati in giro per relitti e vascelli affondati. Qui da noi non esistono le dentiere.

– Eccetto quella che fa da casa ad Asso! – replicò l'amica.

Mentre lo stadio si svuotava, Bea prese a fluttuare in pista sullo sfondo del cartone animato ancora proiettato sul maxischermo. Le gemelle si accoccolarono di lato, costruendo un piccolo castello di sabbia per Asso.

– Più torrette, se non vi dispiace!

– C'è qualcosa che non mi torna – dichiarò Bea. – Secondo me, Max Moscardino non deve cercare le sirene di Palazzo Perla sulla terraferma.

– È tutto finito, Bea – la tranquillizzò Zelda, posando Asso dietro una delle finestrelle sulle torri. – Rilassati. Vedrai che le troveranno.

Bea scosse la testa. – Sì, ma Mor Billa ha detto di averle messe al sicuro da qualche parte e POI di aver portato Bella Merluzza sulla terraferma – spiegò, tormentandosi la treccia. – Quindi gli abitanti di Palazzo Perla devono essere stati nascosti da qualche parte nella laguna, e con loro i delfini di corte e probabilmente anche le altre Conchiglie Corsare trovate dal Cigno!

– Bea ha ragione – commentò Mimi.

Zelda incrociò le braccia sul petto. – Ma dove? Dove si possono nascondere più di cento sirene e delle conchiglie magiche dai bagliori accecanti?

Bea prese a tracciare una mappa della Laguna Segreta sul fondo sabbioso dello stadio.

Nord. Sud. Est. Ovest. – Le ricerche sono già cominciate in gran segreto. Robi Rocker ha detto che si è intrufolata a Palazzo e che le altre stavano setacciando Spiralidor. Compresi Max Moscardino e Grancevola.

– E Ostricville? – suggerì Mimi. – Le sirene di Ostricville erano in combutta con Mor Billa, quindi è possibile che le abbiano dato una mano a nasconderle.

– Ci ho pensato – convenne Bea. – Ma non ci sono posti abbastanza grandi per stiparci un centinaio di sirene, a parte il teatro e il castello di sabbia di Sara Saragon. E noi abbiamo controllato entrambi, ma non abbiamo trovato nulla.

Nel sentire nominare il castello di Sara, Mimi si guardò le mani con aria colpevole.

– Secondo me, dobbiamo spingerci più in là – proseguì Bea in tono sicuro. – Quando Bella Merluzza ci ha scritto che eravamo le uniche sirene che potevano fare qualcosa, sapeva che eravamo proprio le uniche a potersi spostare liberamente per la laguna. E c'era solo un posto in cui nessun'altra sirena poteva guardare. C'era solo un posto che non è una città. C'era solo un posto in cui possiamo trovarle.

Disegnò sulla sabbia una piccola nave fra Rocca Ancora e Aragostopoli e poi scrutò le amiche.

– Ma questo significa… – disse Asso lentamente.

Bea annuì. – Il *Totanic*.

LA SEPPIA SCRIBACCHINA

BOCCALONA, LA MASCHERA PER GLI OCCHI CHE FA PER VOI

Siete stati di recente vittime di un incantesimo che ha trasformato i vostri occhi in lampadine a risparmio energetico? Be', allora Boccalona è la maschera per gli occhi che fa per voi. Dal negozio di scherzi di Spiralidor, questa maschera ha proprietà calmanti e lenitive e vi lascerà un buffo contorno nero intorno agli occhi.

COMPRATELA ORA, PRIMA CHE VADA A RUBA!

33
Il Totanic (per tutti i merluzzi!)

Bea guidava titubante la Vongo-Mobile attraverso la cortina di meduse che circondava il *Totanic*. Parcheggiò di fianco all'antico relitto. L'acqua era fredda e i vecchi alberi della nave facevano a gara a cigolare.

Cercava di non pensare a tutte le storie macabre che le affollavano la mente: fantasmi, mostri e sirene con le code attorcigliate. Non c'era verso di scacciarle, erano come onde di marea che la respingevano.

Lei però non si lasciò suggestionare.

Dentro il *Totanic*, era tutto uno sfaldarsi di tappezzeria e uno scricchiolare di mobilio marcio.

Su una scrivania Bea scorse plichi di fogli di alghe decorati con arabeschi per una magnifica bacheca.

– Guardate un po' qui – disse Bea nuotando verso la scrivania. – C'è scritto: "La collezione di corsetti del Cigno"! Forse Lampreda Ling non voleva mandare in trance tutta la laguna. Forse le piacciono da morire i corsetti di conchiglie. Guardate, ha anche una vetrinetta per la sua collezione di gamberi essiccati con cappello.

– 'Iuto, fateci 'scire! –. Dalla stanza accanto giungevano voci soffocate. I battenti erano stati inchiodati con denti di piranha.

– Presto! – esclamò Bea, afferrando la scrivania.

– Basta che io faccia una delle mie mosse di ping fu per aprire la porta – buttò lì Mimi con aria di sufficienza, ispezionandosi le unghie.

– NO! – gridarono all'unisono Bea e Zelda.

– Ci manca solo un altro disastro come quello del castello in Via Triglia Tronfia! No, grazie, Mimi. Non mentre siamo sulla nave – disse Zelda levando gli occhi al cielo.

– Come volete – replicò la gemella con una scrollata di spalle, fluttuando verso di loro per spostare la scrivania.

Asso, seduto sopra, impartiva ordini. – Se non vi dispiace, a sinistra! Tutto a sinistra! –. Allinearono il mobile con la porta, con precisione millimetrica.

– Pronte? – chiese Bea.

– SEMPRE! – rispose Zelda a gran voce, sfondando la porta con la scrivania. Un attimo dopo, schizzarono fuori le sirene di Palazzo Perla, con i loro abiti all'ultima moda, completi di perle e capelli bianchi raccolti in forme scultoree che richiamavano le conchiglie.

– Brave, sirenette! – esultò la mamma di Mimi e Zelda, con il rossetto viola scuro impercettibilmente sbavato sul contorno labbra.

Il loro papà aveva degli occhialoni tondi esageratamente grandi che gli ballavano sul naso bitorzoluto. – Mie piccole sirene, siete state grandi!

– È stata Bea ad averci guidate! – dichiarò fiera Zelda.

Le sirene di Palazzo sollevarono in trionfo Bea, battendo le code sul pavimento in segno di giubilo, in un unico caloroso applauso.

– Bea-Bea-Bea! – gridava Asso, cercando di far partire un coretto fra le sirene, che però non lo calcolavano di striscio.

Mimi staccò l'anta di una grossa credenza e ne saltarono fuori due delfini infuriati che guadagnarono la libertà sfondando con un botto il vetro di un oblò.

– I delfini di Bella Merluzza – disse il papà delle gemelle

con l'aria di chi la sa lunga. – Non vorrei essere nei panni degli umani che la tengono prigioniera in superficie…

– Allora Bella Merluzza è stata qui prima di essere portata in prigionia sulla terraferma – rifletteva a voce alta Bea. – Lampreda Ling l'ha incontrata appena fuori da Aragostopoli, poi è probabile che l'abbia attirata qui con uno stratagemma.

– Probabilmente con lo stesso trucco che ha usato con noi per farci entrare nella balena – disse la mamma.

– Cioè? – domandò Mimi.

– Ha detto di aver incontrato un fantasma di nome Jack.

Sembra sciocco, ma ci siamo fatti tutti prendere da un mix di curiosità ed eccitazione e ci siamo cascate!

– Peccato che non fosse vero – disse una sirenetta minuscola con i lobi delle orecchie penduli. – Davvero un peccato.

Le sirene di Palazzo salirono tutte nelle magnifiche carrozze tempestate di conchiglie e partirono. Bea, Mimi, Zelda e Asso si sedettero sul tetto della

Vongo-Mobile scrutando le guglie di Spiralidor scintillanti all'orizzonte.

Non c'era l'ombra di un piranha né di quelle sinistre nuvole di inchiostro di seppia.

– Tutto come prima – affermò Bea con un sospiro di sollievo.

Zelda cinse le spalle di entrambe le amiche in un abbraccio affettuoso. – Sono felice come una pappa – dichiarò facendole ridere a crepapelle e facendo le bollicine dal naso.

34
Ma...

Montarono tutti a bordo della Silurac 7.

– Sarà meglio tornare dalle Saragon – annunciò Bea, e proprio in quell'istante si udì uno schianto all'interno del *Totanic*.

Le tre sirenette si fissarono sorprese.

– Probabilmente è solo una medusa – disse Zelda.

– O un fantasma – bisbigliò Mimi.

– Be', non c'è poi tutta questa differenza tra una medusa e un fantasma, se guardiamo al loro aspetto... – rifletteva Asso.

Bea non riuscì a trattenere la curiosità. – Un secondo – disse, nuotando lesta verso il *Totanic* con il cuore che le batteva all'impazzata.

– Proprio non resiste. Tale madre, tale figlia – commentò Zelda.

Asso la seguì e Mimi lo imitò.

– Uffa, ma non possiamo tornare a casa e basta? I fantasmi non esistono! – sbottò Zelda. Restò in attesa per qualche istante. Una medusa le galleggiò vicino sfiorandole la guancia e facendola strillare di terrore.

– ASPETTATEMI! – strillò schizzando fuori dal portellone del *Totanic* che cadeva a pezzi.

Le tre amiche più Asso pinneggiavano nervosi fissando la credenza, dove si sentivano dei rumori. Dei tonfi e qualche lamento.

– C'È QUALCUNO? – chiese Mimi a gran voce.

– Mimi – la richiamò Bea con un soffio mentre Asso andava a rifugiarsi dentro la dentiera.

Zelda si teneva a distanza di sicurezza, sul lato opposto della stanza.

Bea era sicura di aver sentito dei versi, simili a grugniti.

– Ci penso io – si offrì Mimi spalancando l'anta con noncuranza.

Bea sussultò e con un guizzo si portò fuori dal raggio di azione del potenziale nemico. Davanti a loro, in piedi, con il suo ridicolo cappello e la sua tipica aria di superiorità, c'era Cameron Saragon.

Le fulminò con lo sguardo. – Allora, che cosa avete da guardare? Volevo vedere che cosa facevate e... sono rimasta incastrata qua dentro.

– A cosa servirà questo? – chiese Zelda indicando un piccolo pulsante di conchiglia.

Mimi sgranò gli occhi.

– Zelda – disse Bea avanzando lentamente. – Non provarci...

Troppo tardi.

Lo aveva premuto.

La nave cominciò a rollare.

Le luci a tremolare.

Bea lanciò un'occhiata fuori dalla finestra. Davanti a loro si aprì un vecchio bocchettone d'acciaio, proprio come quello che avevano usato per entrare di nascosto nella Laguna Segreta!

Zelda e Mimi si aggrapparono alle pareti mentre la nave cominciava a muoversi.

– QUALCUNO LA FERMI! – gridò Cameron mentre Bea si precipitava alla finestra sul lato opposto per scrutare fuori.

Le guglie di Spiralidor svanirono e la nave s'infilò nel bocchettone come risucchiata in un vortice. Poi emerse nelle acque misteriose dei Regni di Sopra.

Asso sbirciò attraverso la dentiera. – Adesso sì che siamo nei guai!

ONDOPOLITAN

SCOMPARSI NEI REGNI DI SOPRA!

Si tratta di Bea Shelton, Mimi e Zelda Sguizzisguazzi, Cameron Saragon, il *Totanic* e un cavalluccio marino parlante di nome Asso.

Se doveste ritrovarli, siete pregati di riportarli alla Laguna Segreta, vicino al cartello VIETATO L'ACCESSO AI BIPEDI. Vi chiediamo cortesemente di depositarli presso Palazzo Perla, a Spiralidor. Parola d'ordine: Nientegambe.

© Richard Grassie

Care Sirenette onorarie

Mi auguro davvero che la nuotata nella Laguna Segreta vi sia piaciuta quanto io mi sono divertita a scriverla! Probabilmente avrete capito che Bea, Zelda e Mimi sono delle grandi fan del caffè *Il Secchio Arancione* ad Aragostopoli. Fantastici murales di balene sulle pareti e sirene alla moda ai tavolini. E poi quei deliziosi frullati di spuma!

Magari siete delle sirene sulla terraferma con delle gambe di prova. In questo caso avrete bisogno della ricetta del frullato fai-da-te.

La vostra coda di sirena

Sibéal

Frullato di schiuma del Secchio Arancione

Ingredienti per 4 persone:

- 4 tazze di latte (o acqua)
- ¼ di tazza di zucchero
- 1 cucchiaino e ½ di estratto di vaniglia
- Caramello q.b. (per guarnire)
- Scorze di arancia o arancia candita a pezzetti per dolci (per guarnire)

1. Scaldate a fuoco lento latte e zucchero in un pentolino (chiedete aiuto a un adulto umano), mescolando finché lo zucchero si è sciolto.
2. Aggiungete l'estratto di vaniglia, continuando a mescolare il composto.
3. Trasferite il tutto in quattro tazze alte. Sulla terraferma le sirene adorano bere i loro frullati di spuma in tazze di latta smaltata. Ma voi potete usare qualsiasi scodella o conchiglia abbiate a portata di mano.
4. Versate il caramello in ogni tazza e decorate con le scorze di arancia o i pezzetti di arancia candita.
5. Lasciate raffreddare e preparatevi a un'esperienza di delizia! Come al *Secchio Arancione* di Aragostopoli!

Indice